마법 같은 유혹과 위로, 26가지 술과 영화 이야기

술꾼의 품격

일러두기

인명이나 지명 등의 고유명사 표기는 한글 맞춤법과 외래어 표기법에 따랐습니다. 단, 술 이름과 제조 회사 등의 일부 용어는 오랫동안 널리 불려온 대로 적었습니다.

마법 같은 유혹과 위로, 26가지 술과 영화 이야기

임범 지음

학고재

새로운 것은 새로운 대로, 사라진 것은 사라진 대로

『술꾼의 품격』 초판 내고 8년이 지났다. 8년이 긴 건가, 짧은 건가, 길다면 얼마나 긴 건가. 뭘 얘기하느냐에 따라 다르겠지만 한국의 술 문화를 놓고 보면 최근 8년 사이의 변화가 크다. 다양한 종류와 상표의 술이 수입되고, 먹고 마시는 방송 프로그램의 붐까지 겹치면서 한국 사람들의 술에 관한 취향과 지식이 확 늘었다. 막걸리나 맥주를 담가 먹는 사람도 늘었고, 특히 위스키에 관한 한 마니아가 급증했다. 싱글몰트 위스키 바 1세대에 해당하는 한 고참 바 주인에 따르면, 싱글몰트 위스키 바가 8년 전에는 서너 곳에 불과했지만 지금 100여 곳 가까이나 된다.

　그러니 8년 전에, 한국 사람들 술을 잘 마시기만 할 뿐 술에 관해 잘 모른다고 여기고 쓴 이 책이 아직도 통할까. 증보판을 내기로 하면서 잠시 걱정했는데, 책을 다시 보니 여기 담긴 술에 관한 지식과 에피소드는 8년이란 시간에 크게 제약을 받을 것들이 아니었다. 그 사이 한국의 술 문화가 많이 바뀌었대도 유구한 술의 역사에 비춰보면 눈에 보일까말까 할 정도일 거다, 이 책의 지식과 에피소드는 지금의 술꾼들에게도 유용할 거다, 그런 뻔뻔한 생각을 가지고 용기를 냈다.

술은 그렇다 쳐도 책에서 다루는 영화가 오래된 건? 고전에 해당할 만큼 좋은 영화들이니 괜찮다? 좋은 영화들인 건 맞지만 유행에 워낙 민감한 게 영화인데…. 초판 나온 뒤에 제작된, 술을 유의미하게 다루는 영화 두 편 〈앤젤스 셰어-천사를 위한 위스키〉와 〈드링킹 버디즈〉를 뽑았다. 그 8년 사이에 한국 술꾼들의 선호도가 급증한 두 가지 술, 아일러몰트 위스키와 크래프트 비어를 이 두 영화와 엮어서 글 두 꼭지를 새로 보탰다.

지식과 에피소드는 유용하다 쳐도, 정서가 변한 건 어쩔 수 없다. 사라진 정서를 불러내 공감을 호소하는 건 바보 같은 일이다. 몇 해 전 한 잡지에 한국의 술 문화에 대해 기고하면서 이렇게 썼다. "취중기행(醉中奇行)이 무용담이 되던 시대가 갔다"고. 취중기행이 무용담이 되던 시대? 전엔 그랬다. 즐겁든 슬프든 항상 잔치가 열리고 있는 것 같았고, 술 마시는 행위를 거기에 동참하는 제의(祭儀)의 하나로 여겼던 것 같다. 독재, 민주화, 그런 변수도 작용했을 거다. 과한 것, 지나치고 넘치는 것들을 겉으로 욕하는 이면에서 귀엽게 받아들이고 또 어떤 것들은 무용담처럼 추켜세웠다. 이미 8년 전에 그런 문화는 변방으로 밀려났지만 여하튼 존재했는데, 지금은 완전히 사라진 것 같다. 이런 생각을 하면 최근 8년이 참 길게 느껴진다.

폭탄주 문화도 그렇게 사라진 대표적인 것 중의 하나일 거다. 8년 전에만 해도 그걸 마시는 사람들이 적지 않아서 폭탄주를 가지고 두 꼭지나 썼는데, 지금 폭탄주를 말하는 게 어떤 의미와 재미를 가질지 자신이 없다. 하지만 이런 미시적 문화에 관한 기록은, 흘러간 옛 노래가 됐더라도 남겨둘 의미가 있을 거라는 뻔뻔한 생각을 또 했다.

증보판엔 앞에 말한 글 두 꼭지를 보태고, 재미없다고 생각한 한 꼭지를 빼고, 술 전반을 개괄하는 글을 앞에 실었다. 그리고 8년 동안 변한 것들을 반영해 여기저기 조금씩 고쳤다. 책을 다시 내준 학고재에 감사드린다.

2018년 8월

임범

그렇게 마시고도
이렇게 몰랐다니

"단지 타락해서 인간이 술을 좇는 것이 아닙니다.
알코올은 가난하고 문맹인 이들을
문학과 심포니 콘서트가 열리는 곳으로 데려갑니다."
-올더스 헉슬리, 『모크샤』

증류된 독주를 영어로 '스피릿(spirit)'이라고 부른다. 영혼을 일컫는 바로 그 단어이다. 왜 술을 스피릿이라고 부를까. 증류 과정에서 기화되는 모습이 영혼이 육체를 떠나는 것 같아서라고도 하고, 술 취하면 다른 세상에 온 것 같기 때문에 그랬다고도 한다. 어떤 자료엔 중세 시대에 술 취한 이가 악마처럼 변하는 걸 두고 그렇게 불렀다고 한다. 영혼까지는 몰라도, 술이 감정이나 정서에 영향을 끼치는 건 분명하다. 정서적 권태에서 벗어나게 하고, 자신과 별 상관없다고 여겨온 것들, 무심히 보아온 것들을 다시 보게 하기도 한다. 물론 감정을 격하게 만들기도 한다. 술에 취해서 악마가 되든, 세상에 잠재해 있는 문학과 심포니를 즐기든 그건 각자의 몫일 터. 이롭냐 해롭냐를 떠나, 사람들은 술을 좋아왔고, 좋고 있다.

왜 증류된 독주만을 스피릿이라고 부를까. 알코올 도수가 높아 정서적 자극이 세기 때문이겠지만, 알코올 증류 기술은 술의 역사를 새로 쓰게 했다. 술을 크게 둘로 나누면 발효주와 증류주인데, 포도주, 맥주, 청주 등 발효주는 인류가 역사 이전부터 마셨다. 아랍에서 시작된 알코올 증류 기술이 11세기 이후 세계로 퍼지면서 술의 일대 혁명이 일어났다. 유럽에선 포도주를 증류시켜 브랜디를 만들었고, 중국에선 청주를 증류해 백주를 마셨다. 바다 건너 아일랜드에선 맥주로 위스키를 만들었다. 신대륙도 마찬가지이다. 사탕수수를 발효시킨 중남미의 아구아디엔테에 증류 기술이 보태져 럼이 탄생했고, 멕시코의 용설란을 담가 마셨던 풀케는 증류기를 통과하면서 테킬라가 됐다.

발효주가 발견된 것이라면, 증류주는 일종의 발명품이라고 할까. 증류주의 '발명'과 함께 술이 인류 역사의 한가운데로 들어오면서, 술은 예술가의 창작혼을 불태우는 땔감이 되기도 했고 전쟁의 원인이 되기도 했다. 아울러 식생활에서 언어까지 다양한 층위의 인간 문화와 살을 섞으면서, 수백 수천 가지가 넘는 이 세상의 술들은 개인이나 공동체의 성격, 태도, 습관 따위를 드러내는 상징이자 기호가 됐다. 가장 늦게 태어나 가장 강한 영향력을 행사하는 영화라는 매체가 이 기호를 차용하지 않고 배길 수 있을까.

2008년 봄이었다. 기자 그만두고 반 백수로 지내면서 한 일간지에 이 글을 연재하기 시작할 때 내 생각이 그랬다. 술이라는 기호품에 담긴 여러 기호들을, 영화가 어떻게 사용하고 있는지 살피자. 객관적 정보를 전달하는 기사가 아니라, 취향과 기호의 주관적 세계를 공유하는 온전한 잡문을 쓰자. 그랬는데, 글을 쓰면서 스스로 놀랐다. 그렇게 즐겨 마시던 술에 대해, 이렇게 몰랐다니. 수년간 살을 섞어온 여자의 가족 관계, 혈액형 따위를 모르고 있었던 것과 같은 미안함과 궁금함이 뒤늦게 밀려왔다.

나뿐이 아니었다. 내 주변의 술꾼 대다수가 술에 대해 무지했다. 국내에 출간된 책 중에도 와인 관련 서적 빼곤(이 책은 와인은 다루지 않았다) 술에 관한 게 가물에 콩 나듯 했다. 신세계이구나! 하나하나 알아가는 재미에 탐구심이 보태져 이것저것 뒤지고 공부하면서 즐겁게 썼다. 그러다보니 술에 관한 객관적 정보가 생각보다 많아졌다. 물론 그 정보라는 게 이론서적에 들어갈 성격의 것은 아니다. 이야기거리로 재밌겠다 싶었던 것들인데, 그게 모여 술에 관한 책으로 이름 붙여도 되겠다 싶어졌다. 이런 정보들이다.

잭 대니얼스, 조니 워커, 바카디 등 술 상표로 너무도 귀에 익은 그 이름의 실제 주인들은 어떤 시대를 어떻게 살았나…, 과연 싱글몰트 위스키는 블렌디드 위스키보다 맛이 우월한가…, 라거 맥주는 에일 맥주보다 맛이 저열한가…, 압생트는 왜 어떻게 그 오랜 세월 동안 환각 물질이라는 누명을 뒤집어쓰게 됐나…, 마티니라는 칵테일은 007 영화가 나오면서 제조 방법이 어떻게 변했나…, 럼의 대표 상표인 바카디는 자기 고향인 쿠바에 들어선 카스트로 정부와 어떻게 전쟁을 벌여왔나…, 한국에서 죽어라고 마셔대던 폭탄주의 기원은 뭔가…, 한국에 양주 수입이 자유화되기 전까지 술집 진열대를 가득 메웠던 기타재제주들은 지금 어떻게 됐나…. 이런 이야기들이 이 책에 있다.

세상에 술 종류는 무궁무진한데, 영화가 다뤄온 술은 기대만큼 다양하지 않았다. 어떨 땐 특정한 술이 나오는 영화를 일부러 뒤졌고, 그래서 영화의 완성도가 떨어짐에도 불구하고 피해갈 수가 없었던 경우도 있다. 칼바도스, 라거 비어 등등 몇 꼭지는 신문 연재가 끝난 뒤 새로 써 넣었다.

신문 지면을 내준 정재숙, 중국의 백주에 관해 쓸 때 큰 도움을 준 이상수, 이 둘을 포함해 내 오랜, 귀중한 술 친구들 모두에게 감사드린다.

2010년 봄
임범

목차

1장 위스키

2장 스피릿

3장 맥주

4장 폭탄주

5장 기타재제주

6장 칵테일

 **한걸음 더**

술의 종류와 갈래

발효주, 증류주에서
칵테일까지

술의 원료는 곡식, 포도와 사과 같은 당도 높은 과일, 사탕수수와 용설란처럼 당분 함량이 높은 식물이다. 이 원료들을 부수고 찌면 당도가 높아지고, 효모가 들어가 당을 이산화탄소와 에탄올로 분해한다. 이 분해가 발효다. 발효로 얻은 에탄올을 거르고 이런저런 향과 맛을 첨가한 게 발효주이다. 보리를 발효시켜 맥주를, 쌀을 발효시켜 청주(사케)와 막걸리를, 포도를 발효시켜 와인을 만든다. 전적으로 저자의 취향에 따라 이 책에서 발효주는 맥주만 다뤘다(3장).

증류주는 발효주를 증류시킨 것이다. 보리, 밀, 호밀, 옥수수 같은 곡물을 발효시켜 증류한 서양 술이 위스키이다. 싱글몰트 위스키, 블렌디드 위스키, 스카치위스키, 재패니즈 위스키 등등 분류 방식도 다양하다(1장).

위스키를 제외한 나머지 증류주들, 수수로 만든 중국의 백주, 감자 같은 잡곡으로 만든 보드카, 알코올에 특정 향을 첨가한 뒤 다시 증류한 진과 압생트, 과일 증류주 칼바도스, 럼과 테킬라는 별도로 묶었다(2장).

발효주, 증류주 외에 술과 술, 혹은 술과 다른 음료를 섞은 술이 있다. 술에 과일이나 열매 향, 시럽 등을 첨가해 만든 게 '리큐어'로 주로 칵테일(6장)을 만드는 데 쓰인다. 와인에 설탕과 알코올을 첨가해 마티니 만들 때 넣는 베르무트, 커피 향이 짙게 나는 칼루아가 대표적인 리큐어이다.

술과 술, 그중에서도 위스키와 맥주를 섞어 마시는 '폭탄주'(4장)와, 외국 증류주의 수입이 금지되었던 시절에 증류주 원액을 눈곱만큼 넣고 만들어 팔았던 '기타재제주'(5장)는 한국의 역사와 문화가 만들고 사라지게 한 술이다.

술의 종류와 갈래

	위스키				쌀소주	백주
증류주 (스피릿)	몰트위스키	블렌디드 위스키	그레인위스키	버번위스키		
발효주	맥주	밀맥주			청주(사케) 막걸리	
원료	보리	밀	호밀	옥수수	쌀	수수

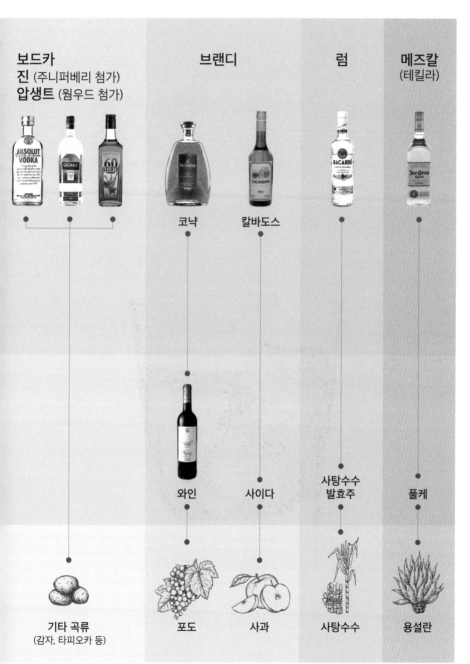

보드카
진 (주니퍼베리 첨가)
압생트 (웜우드 첨가)

브랜디

럼

메즈칼
(테킬라)

코냑   칼바도스

와인   사이다   사탕수수 발효주   풀케

기타 곡류
(감자, 타피오카 등)   포도   사과   사탕수수   용설란

1장

위스키

위스키는 곡물 발효주를 증류한 것으로, 원료에 따라 크게 몰트위스키와 그레인위스키, 그리고 둘을 섞은 블렌디드 위스키로 나뉜다. 몰트는 발아한 보리를 말한다. 그레인위스키는 보리가 아니라 귀리, 호밀, 옥수수 등의 잡곡으로 만든 위스키이다.

위스키는 아일랜드에서 제일 먼저 만들어져 스코틀랜드로 넘어갔다. 스코틀랜드에선 15세기 말부터 몰트위스키를 만들어 마셨다. 주류업자들이 그레인위스키를 만들기 시작한 건 18세기 후반부터였다. 위스키에 매기는 세금이 높아서 오래도록 밀주가 횡행하다가 1820년대에 주세법이 바뀌면서 스코틀랜드 정부가 공인한 1호 몰트위스키 '글렌리벳'이 나온다. 하지만 몰트위스키는 맛이 거칠다는 이유로 영국 상류사회에서 환영을 받지 못했다. 영국 상류층은 여전히 프랑스의 브랜디를 마시고 있었다. 스피릿(독주)의 지도를 그리면 19세기 중반까지 아일랜드엔 몰트위스키, 영국과 유럽엔 브랜디였다.

변화를 불러온 건 블렌디드 위스키였다. 몰트위스키에 그레인위스키를 섞은 블렌디드 위스키는 맛이 부드러워 상류층의 입맛을 사로잡기 시작했다. 마침 19세기 후반 유럽엔 포도 해충이 들어와서 포도밭을 쑥대밭으로 만들고 있었다. 브랜디 생산량도 급감했고 그 틈새를 블렌디드 위스키가 파고들었다.

변화가 시작된 건 1960년대부터 싱글몰트 위스키의 붐이 일면서이다. 야금야금 싱글몰트 위스키 마니아들이 늘더니 주류회사들도 전략을 바꿔 싱글몰트 위스키 마케팅을 키웠다.

이 장에선 싱글몰트 위스키 중에서도 향이 강하고 한국에서 인기가 좋은 스코틀랜드 서쪽 섬 아일러의 몰트위스키를 먼저 다루고, 스코틀랜드 본토의 정통 싱글몰트 위스키 매캘런으로 넘어간다. 그 다음에 블렌디드 위스키를 살펴보고 아일랜드와 일본 위스키, 그리고 미국의 버번위스키를 다룬다.

아일러몰트 위스키 | 매캘런 | 조니 워커 | 제임슨

산토리 위스키 | 버번위스키 | 짐 빔 | 잭 대니얼스

스코틀랜드의 낙담한 청춘들에게, 위스키가 주는 기적 같은 선물

아! 이 놀라운
낯선 맛

아일러몰트 위스키와 〈앤젤스 셰어 - 천사를 위한 위스키〉

로비와 친구 셋이 테이블에 둘러앉아 위스키 시음회를 갖는다. 로비와 친구 모두 스카치위스키의 본고장 스코틀랜드에서 태어나 사는 젊은이들이다. 몇 개의 싱글몰트 위스키를 갖다 놓고 차례로 맛본다.

로비: 무겁고(heavy) 달고(sweet) 이탄 향(peaty)도 나. 바다 냄새(sea breeze)도 나고. 섬에서 만든 게 틀림없어.

친구1: (한 모금 마시고서 뭔 맛인지 모르겠다는 표정으로) 이게 바다 냄새라고? 지랄하네. 무지개도 보인다 그러지?

친구2: 나도 잘 모르겠어. 좀 짭짤하긴(salty) 해.

친구3: 달콤한 향(sweet)도 나.

친구1이 한 모금 더 마시고 나서 맛없다는 표정으로 "난 다 똑같아" 하더니 옆에 있던 큰 비커에 뱉어버린다. '칵' 하고 가래까지 뱉어낸다. 비커엔 마시고 뱉어낸 누리끼리한 위스키가 제법 차 있다. 친구3이 다른 친구에게 위스키가 담긴 잔을 건네며 "피트(이탄)의 향을 맡아봐"라고 말하자, 저만치 소파에 떨어져 앉아 있던 한 친구가 "피트? 그 새낀 누군데?"라며 뜬금없는 소리를 해댄다.

> 로비: (다른 위스키를 맛본 뒤) 이건 매운 냄새가 나네. 발효 기간이
>   짧았던 모양이야.
> 친구3: 그런 냄새는 어디서 나는 거야?
> 로비: 오크통에서 나는 거야. 미국산 오크통에선 코코넛, 바닐라
>   향이 나. 가끔 초콜릿 향도 나고.
> 친구1: 뭐라고? 바다 향에 코코넛, 바닐라, 초콜릿 향까지 난다고?
>   셋이서 짜고 이러는 거지. 내가 바보냐?
> 친구3: 바보지, 상바보지.

그때 이미 취해 소파에 앉아 있던 또 다른 친구가 "술이 모자라, 한잔 더 해야겠다"며 로비가 앉은 테이블로 와서 비커에 담긴 술을 (마시고 뱉어낸 것인 줄 모른 채) 원 샷으로 들이킨다. 시음회를 하던 친구들 모두 토하려고 한다.

켄 로치 감독의 2012년 작 〈앤젤스 셰어-천사를 위한 위스키〉의 한 대목이다. 스코틀랜드 청년들이 이렇게까지 위스키를 모른다고? 로비와 친구들은 범죄를 저지르고 사회봉사 명령을 받아 수행하면서 알게 된 이들이다. 이들의 범죄라는 게 경범죄, 좀도둑질 같은 거여서 큰 악인은 아니지만 루저들임엔 틀림없다. 그래서 위스키를 잘 모른다? 그러니까 하류 계급 청춘들의 무지함을 드러내려고 이런 장면을 넣었다? 좌파 영화감독의 좌장인 켄 로치가? 그럴 리가 없다. 켄 로치와 단짝인 시나리오 작가 폴 래버티는 이 영화의 시나리오를 쓰면서 "스코틀랜드의 상징이 스카치위스키임에도 대부분의 스코틀랜드 청년이 위스키를 맛본 적이 없다는 사실에 놀랐다"고 했다. 그렇지. 영국도 한국처럼 청년들이 먹고살기 힘든 나라임을 말하려고 그랬을 거다.

위스키 향을 잘 구별하지 못하는 이 청년들의 투덜댐은 대다수 위스키 초보자가 겪는 애로 사항을 대변한다. '뭔 맛인지 잘 모르겠다', '독하고 써', '그게 그거네'…. 싱글몰트 위스키를 줬을 때, 초보자들 가운데 절반 이상이 하는 소리다.

스카치위스키의 향을 잘 구분하지 못하겠다? 그럴 때는 영화의 주인공들처럼 여러 가지 맛과 향의 위스키를 갖다놓고 비교해가며 마시는 게 도움이 된다. 위스키 향을 나누는 기준을 서양인들은 '스모키(훈연한)-델리키트(섬세한)', '라이트(담백하고 신선한)-리치(묵직

스코틀랜드 서쪽 섬 아일러에는 아홉 개의 증류소가 있다. 현재 세 개가 건설 중이다.

하고 풍부한)'로 크게 나누기도 한다(한걸음 더 그림 참조). '이탄 향이 난다'는 로비의 '스모키하다'는 말과 같은 뜻인데, 여기에 '바다 냄새'까지 난다면 틀림없다. 그건 아일러의 증류소에서 나온 위스키라는 말이다. 아닌 게 아니라 로비도 섬에서 만들었다고 단정한다.

아일러(Islay)? 스코틀랜드 서쪽, 면적 239제곱킬로미터의 섬으로 한국의 강화도보다 조금 작다. 스코틀랜드에 몰트 증류소가 100개 조금 넘는데 이 작은 섬에 아홉 개의 증류소가 몰려 있다. 섬 사람 중 가장 많은 이가 농사를 짓고 그다음 많은 사람이 증류소에서 일한다고 한다. 이 섬엔 이탄(피트)이 많다. 증류소마다 몰트(발아한 보리)를 볶을 때 이탄을 태운 연기를 입힌다. 거기서 아일러 위스키만의 이탄 향이 생겨난다. 또 이 섬의 증류소는 대부분이 바닷가에 있다. 보통은 증류한 위스키를 오크통에 담아 보관할 때 그늘진 곳에 두는데, 여기선 상당수 증류소가 오크통을 바닷가에 내놓고 숙성시킨다고 한다. 그래서 해수 향이 짙게 밴다. 영화 속 로비 일행이 말하듯 스모키하고 바다 냄새도 나고 짭짤하기도 한 그 냄새. 소독약 냄새 같기도 하고, 내 주변 술꾼들은 크레졸 냄새, 화장실 냄새라고 부르기도 한다. 증류소별로 보면 아일러 위스키 특유의 향이 강한 쪽이 라프로익, 아드벡, 중간이 라가불린, 약한 쪽이 보우모어, 쿠일라이다.

이렇게 독특한 향의 아일러 위스키는 스코틀랜드 본토의 다른 위스키들보다 구별하기가 쉽다. 그 향이 선명한 만큼 호불호 역시 크게 갈린다. 또 통상 여자보단 남자가 좋아한다. 나? 10여 년 전에 라프로익 10년산을 처음 마셨을 때의 기억이 생생하다. 이런저런 위스키들을 먹어봤고, 그래서 어지간한 향은 안다고 생각했는데, 전혀 예상 밖의 냄새가, 술에서 날 거라고 생각하기 힘든 퀴퀴하기까지 한 그 낯선 향이 의외로 목에 착 감기는 순간 깜짝 놀랐다. 취기가 오를 땐

로비의 사회봉사 활동 감독관이 위스키 마니아이다. 봉사 활동자들에게 증류소 견학을 시킨다. 위
스키 시음회에도 데려간다. 후각 좋은 로비는 위스키 속에서 뜻밖의 희망을 발견한다.

고향에 온 것 같은 편안함이 느껴졌고 이내 세상과 사람이 궁금해졌다. 살면서 낯선 맛에 놀라 '세상을 진부하게 여기지 말고 겸손하게 살자'고 맘먹기까지 한 순간이 세 번 있었다. 한 번은 똠양꿍을 먹으며 고수의 맛을 알았을 때이고, 또 한 번은 사프란이라는 향신료로 빠에야를 만들어 먹어본 뒤였다. 그리고 또 한 번이 이 술, 아일러 위스키와 대면한 순간이었다. 맛이나 향에 대한 기호는 변덕이 심하다. 특히 강렬한 향일수록 물리기도 쉽다. 하지만 그게 훌륭한 향이면 금방 다시 살아난다. 처음 맛본 뒤로 라프로익을 자주 마시면서 물린다 싶었는데 몇 달 안 먹다 마시니 또 감동이었다.

영화로 돌아가자. 〈앤젤스 셰어—천사를 위한 위스키〉는 싸움질을 일삼던 전과자 로비가 애 아빠가 되면서 정신을 차려 위스키 증류소에 취직하게 되는 이야기다. 개인적으로 켄 로치 영화 중에서도 두세 손가락 안에 꼽게 되는 영화다. 담백하고 선이 굵고, 그러면 따듯하기 힘든데 따듯하다. 로비의 사회봉사 활동 감독관이 위스키 마니아이다. 봉사 활동자들에게 증류소 견학을 시킨다. 위스키 시음회에도 데려간다. 후각 좋은 로비는 위스키에서 생계를 해결할 방법을 발견한다. 위스키 회사에 취직하는 것. 하지만 전과자인 그가 취직하기 쉽지 않다. 앞의 에피소드에 나오는 찌질한 친구들과 함께, '몰트 밀'이라는 폐쇄된 증류소에서 수십 년 지나 발견된 사상 최고가의 위스키를 소량 훔친다. 밉게만 보기 힘든 이 도둑질이 절묘하게 로비의 인생에 길을 터주는 동시에, 자칫 도덕 교과서처럼 보일 수 있는 영화에 활기와 긴장감을 불어넣는다.

영화에서 로비는 위스키를 맛보면서 변하기 시작한다. 먹고살 길을 발견한 데서 오는 안도감만은 아닐 거다. 그 모난 성정에 여유와 자신감이 생기기까지 위스키의 향도 큰 역할을 했을 거다. 오랜 세월의 숙성이 빚어낸 그 향엔, 세월을 견뎌낸 데서 나오는 너그러움과 관용이 담겨 있을 거다. 켄 로치는 그렇게 위스키를 용매 삼아, 실업과 경쟁에 지친 영국 젊은이들을 위로하고 독려한다. 켄 로치 스스로 2011년 영국의 미취업 젊은이가 100만 명을 넘어선 게 이 영화를 만든 계기라고 했다. 이 영화에선 그 위스키 가운데서도 유독 아일러 위스키가 자주 언급된다. '몰트 밀'이라는 증류소도 실제 아일러에서 운영되다가 1960년대 초에 문을 닫았다. 아일러 위스키의 낯설고 투박하면서 실은 정겹고 고향을 느끼게 하는 그 향기가 젊은이들을 독려하려는 영화의 의도에 맞았을 거다.

아일러 위스키는 유독 일본과 한국에서 인기가 좋다고 한다. 인천공항과 제주공항 면세점엔 아일러의 증류소에서 나온 제품이 최소한 열 개 이상 진열돼 있다. 몇 년 전부터 우후죽순처럼 생겨난 싱글몰트 위스키 바에서도 아일러 위스키는 최고 인기 품목이어서 18년 이상 묵은 고가의 제품이 메뉴에 여러 개 올라 있다. 위스키를 이런저런 오크통에 옮겨 담아가며 다른 향을 덧입힌 건데, 아일레이 위스키 특유의 향을 좋아한다면 그렇게 햇수가 오래됐다고 해서 현혹될 이유가 없다. 2011년 말에 『뉴욕 타임스』에 아일레이 위스키 20여 개 제품을 테스트해서 순위를 매긴 기사가 실렸는데 참고로 소개한다.

1위	라프로익 10년
2위	아드벡 코리브레칸
3위	라가불린 1993년 에디션
4위	아드벡 10년
5위	라프로익 18년
6위	킬호만 2011 릴리즈
7위	브루크라디 12년
8위	보우모어 12년
9위	쿠일라 12년
10위	라가불린 16년

참! '앤젤스 셰어'가 뭐냐고? 이 책 61쪽 '산토리 위스키와 〈사랑도 통역이 되나요〉'를 보시길.

한걸음 더 │ 향으로 보는 위스키 지도

싱글몰트 위스키의 맛과 향을 구별하는 일은 쉽지 않다. 그래서 위스키 품평가, 양조업자 들이 위스키 향 지도를 만들어냈다. 세로축 위가 '스모키', 아래가 '델리키트'이고 가로축 왼쪽이 '라이트', 오른쪽이 '리치'이다. '스모키'는 훈연된 향, 그와 상대되는 '델리키트'는 꽃 향, 과일 향 같은 섬세한 향을 가리킨다. '라이트'는 담백하고 신선한 쪽, '리치'는 묵직하고 풍부한 쪽을 말한다. 라프로익, 아드벡, 라가불린 같은 아일러 위스키들은 위쪽 '스모키'에 포진해 있다(더 자세한 설명은 www.malts.com 참고). 세로축 위를 '리치', 아래를 '델리키트', 가로축 왼쪽을 '와이니(winey)', 오른쪽을 '스모키'로 해서 지도를 만든 것도 있다.

싱글몰트 위스키 몇 개를 가져다놓고 마시면서 좌표 안에 점을 찍어보면 위스키 맛과 향을 구별하는 데에 도움이 될 뿐 아니라, 자기 입맛에 맞는 싱글몰트 위스키를 찾는 데도 도움이 된다고 위스키 전문가들은 말한다.

스모키(smoky)

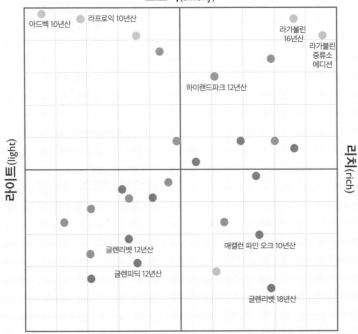

아드벡 10년산   라프로익 10년산

라가불린
16년산

라가불린
증류소
에디션

하이랜드파크 12년산

라이트(light)

리치(rich)

글렌리벳 12년산

글렌피딕 12년산

매캘런 파인 오크 10년산

글렌리벳 18년산

델리키트(delicate)

● 아일러
● 로랜드
● 하이랜드
● 스페이사이드

스페이사이드

하이랜드

아일러

로랜드

스코틀랜드

뉴욕의 그늘을 맴도는 싱글몰트 위스키의 세련된 향

그 술엔
세련된 뉴요커의
향기가…

매캘런과 〈25시〉

2006, 2007년께부터였던 것 같다. 서울에 싱글몰트 위스키 바가 한두 개 생겨나고, 언론의 최신 트렌드를 소개하는 기사에 싱글몰트 위스키가 소개되기 시작하더니, 10여 년 지나 공항 면세점, 대형마트 주류 코너, 호텔 바의 메뉴판에서 싱글몰트 위스키가 블렌디드 위스키를 몰아내다시피 했다. 싱글몰트 위스키? 몰트(발아한 보리)로만 만든 위스키를 말한다. 몰트위스키 중에서 싱글몰트 위스키는 한 증류소에서 나온 몰트위스키만 담은 걸 지칭한다. 여러 증류소에서 나온 몰트위스키를 섞은 것은 퓨어몰트 위스키라고 부른다.

　19세기 중반 이후 조니 워커, 밸런타인 같은 블렌디드 위스키가 시장을 석권하면서 몰트위스키는 구석으로 내몰렸다. 대다수 몰트 위스키 증류소에선 생산품의 대부분을 블렌디드 위스키의 재료로 팔고, 일부를 남겨서 병에 담아 싱글몰트 위스키로 팔았다. 변화가 생긴 건, 한 세기가 지난 1960년대 이후이다. 소수 마니아층을 중심으로 싱글몰트 위스키 소비량이 늘더니, 1970년대 중반부터 블렌디드 위스키의 시장 점유율이 떨어지기 시작했다.

그러자 다국적 주류회사 디아지오가 1988년부터 '클래식 몰트위스키'라는 이름을 붙여 여섯 개 싱글몰트 위스키 브랜드를 적극적으로 마케팅한 것을 위시해 여러 주류회사들이 싱글몰트 위스키를 새로 내놓기 시작했다. 거기 더해 각자 다른 향이 나는 오크통들을 여러 종류 활용해 위스키를 옮겨 담으며 숙성시켜 다양한 향의 싱글몰트 위스키들을 만들어내면서 바야흐로 싱글몰트 위스키 전성시대를 구가하고 있다.

스파이크 리 감독의 〈25시〉(2002년)는 9·11 테러 직후의 뉴욕을 배경으로 한 암울한 묵시록 같은 영화이다. 몬티(에드워드 노튼)는 사립 고등학교를 장학금 받고 다닐 만큼 공부를 잘했지만, 아버지의 빚 등으로 인해 마약 파는 일을 하다가 아예 그쪽으로 빠져 30대 초반에 성공(?)한 마약상이 됐다. 그러다가 집에 감춰둔 마약이 적발돼 징역 7년형을 선고받는다. 영화는 몬티가 감옥으로 가기 전날 하루를 중계한다. 친구들을 만나고, 마약 조직과 남은 일을 청산하고, 부인에게 가졌던 오해를 풀기도 한다.

그러나 어차피 내일이면 감옥으로 가야 한다. 주변의 위로는 무기력하고 약속은 허망해 보인다. 타인과의, 이 어쩔 수 없는 거리는 전부터 알고 있던 것이었지만 지금 더없이 멀게만 느껴진다. 영화 속에 비치는 쌍둥이 빌딩의 잔해가 상징하는 휴머니티의 단절은 몬티 앞에 닥친 고립된 7년에 무게감을 더한다. 이야기의 밀도가 그리 높지 않음에도 불구하고 영화가 전하는 나약한 인간(혹은 시민)과 무기력한 공동체(혹은 도시)의 모습이 무척이나 동시대적이다.

몬티가 뉴욕의 요란하고 화려한 클럽에서 친구들과 마지막 파티(?)를 할 때, 친구 프랭크(베리 페퍼)가 '매캘런 18년'을 시켜 먹는다. 다른 이들은 샴페인이나 잭 대니얼스를 마신다. 이 술은 비싸기도 하거니와, 영국의 『위스키 매거진』이 매년 개최하는 위스키 콘테스트에서 여러 차례 최우수 싱글몰트 위스키로 꼽히기도 했다. 아닌 게 아니라 프랭크는 돈 잘 버는 펀드 매니저로, 자칭 뉴욕 상위 1퍼센트에 속한다. 옷부터 여자까지 취향도 세련됐다. 매캘런 18년은 세련되고 돈 많은 뉴요커가 마시는 술로 캐스팅된 셈이다.

매캘런은 유서 깊은 싱글몰트 위스키이다. 매캘런을 만드는 매캘런 증류소는 스카치위스키 생산이 합법화된 직후인 1824년에 만들어졌다. 글렌리벳, 글렌피딕 등과 더불어 스카치위스키의 메카에 해당하는 스페이강 유역에서 탄생한 대표적인 '스페이사이드 위스키'이다. 증류소 인근 지역 주민들이 경작한 보리로 술을 담갔고,

1960년대 상장한 뒤 한동안 주식의 상당 부분을 지역 주민들이 소유해 '몰트 오브 피플'로 불리기도 했다고 한다. 올로로소 셰리주(포도주에 브랜디를 섞어 알코올을 강화한 스페인의 셰리주 가운데 가장 오래 묵힌 것)를 담갔던 통에서 숙성시키는 것으로 유명한데, 2004년부터 셰리주를 담갔던 오크통뿐 아니라 버번위스키를 담갔던 오크통에서도 숙성시킨 '파인 오크 시리즈'도 내놓고 있다.

매캘런은 글렌리벳, 글렌피딕에 이어 싱글몰트 위스키 판매량 3위를 이어가다가 2011년 글렌피딕을 제치고 2위로 올라섰다고 한다. 독특한 디캔터 유리병에 담긴, 64년 묵은 매캘런 위스키 한 병이 2010년 뉴욕의 경매에서 46만 달러(한화 5억여 원)에 팔려 가장 비싼 위스키로 기네스 기록에 올랐다. 007 시리즈 탄생 50주년인 2012년에 나온 〈007 스카이폴〉엔, 제임스 본드와 악당이 '매캘런 1962년산'을 마시는 장면이 나온다(007 시리즈 1편이 1962년에 나왔다). 이 술은 2013년 경매에서 9,600파운드(한화 약 1,300만 원)에 팔렸다.

영화에서 매캘런을 마시는 프랭크는 냉정하고 이기적인 인물처럼 보인다. 친구의 감옥행을 앞에 두고서 까다롭게 술을 고르는 모습도 그렇다. 하지만 친구의 참담한 운명을 지켜보면서, 그걸 대하는 자신의 양면적인 태도를 자각하면서 결국 눈물을 터뜨린다. 그 캐릭터엔 공감이 가지만, 마니아들에 따르면 싱글몰트 위스키는 이렇게 궁상맞게 마실 술이 아니다. 싱글몰트 위스키는 저마다 '퍼스낼리티가 엄연히 존재'(무라카미 하루키의 표현)하기 때문에 코로, 혀로 충분히 음미하면서 마셔야 하고, 향이 날아가니 얼음도 넣지 말아야 한다는 것이다.

매캘런의 맛과 향은 앞의 '아일러몰트 위스키' 편에 실린 위스키 지도의 오른쪽 아래, 델리키트와 리치의 중간에 위치한다. 과일 향이 나면서도 묵직하고 남성적인 매캘런은 한국에서도 인기가 매우 좋다. 하지만 2015, 2016년부터 12년산이든 18년산이든 연도를 표기한 매캘런은 구하기가 힘들어졌다. 한국의 한 싱글몰트 위스키 바 관계자의 말에 따르면, 매캘런 18년산은 부르는 게 값이라고 할 만큼 귀하단다. 매캘런이 워낙 세계적으로 인기가 좋아 물량이 달려서 그럴 거라는 게 이 관계자의 추리이다.

한걸음 더 | **글렌피딕(Glenfiddich)**

전 세계에서 가장 많이 팔리는 싱글몰트 위스키의 하나로, 가장 대중적인 싱글몰트 위스키 브랜드이기도 하다. 스코틀랜드 게일어로 '글렌'은 '계곡', '피딕'은 '사슴'을 뜻한다. 대다수 주류회사들이 다국적 주류 기업에 합병된 것과 달리, 글렌피딕의 제조사인 '윌리엄 그랜트 앤드 선즈'는 창립자의 가문이 대를 이어 회사를 경영하고 있다.

창립자인 윌리엄 그랜트(William Grant, 1839~1923년)는 가난한 집에서 태어나 어려서부터 이런저런 잡일을 하다가 스물일곱 살인 1866년에 양조장의 장부를 기록하고 관리하는 일을 맡게 된다. 거기서 20년간 일하면서 위스키 제조의 노하우를 배운 뒤, 1886년 그

스코틀랜드 스페이사이드 더프타운에 위치한 글렌피딕 양조장

동안 번 돈으로 땅과 장비를 사서 아홉 명의 자녀와 함께 글렌피딕 증류소를 차렸다. 그리고 1887년에 글렌피딕이 첫선을 보였다.

블렌디드 위스키 일색이다시피 하던 당시에 싱글몰트 위스키를 판다는 건 쉽지 않은 일이었는데, 윌리엄 그랜트는 증류소를 하나 더 사들이면서 저돌적으로 사업을 이끌어갔고, 그의 사위인 찰스 고든은 이 위스키의 해외 판매에 나섰다. 1914년, 글렌피딕은 세계 30개국으로 수출됐다.

2차대전 뒤의 경영난을 벗어나기 위해, '윌리엄 그랜트 앤드 선즈'는 제품 수를 늘림과 동시에 1957년 삼각형 모양의 독특한 병에 글렌피딕을 담아 팔기 시작했다. 아울러 면세점을 주요 공략 대상으로 삼아 마케팅해온 것에 힘입어 오래도록 싱글몰트 위스키 판매량 1위 자리를 지키기도 했다. 대다수 몰트위스키 증류소가 생산량의 90%를 블렌디드 위스키용으로 보내고, 나머지 10%를 싱글몰트 위스키로 사용한 것과 반대로, 이 회사의 증류소들은 90%를 싱글몰트 위스키로 담고, 나머지 10%를 블렌디드 위스키용으로 써온 것으로 유명하다.

천재 수학자의 왜소한 마음에서 뮤즈를 불러낸 그 술

또 다른 나를
불러내는 유혹

조니 워커와 〈뷰티풀 마인드〉

'스카치위스키'라는 말이 있다. 말 그대로 하면 스코틀랜드에서 만든 위스키인데, 주류 제품에 이 말을 붙여 팔려면 영국 정부가 정한 요건을 갖춰야 한다. 영국 스카치위스키 법이 정하는 스카치위스키는, 스코틀랜드의 증류소에서 물과 발아한 보리(몰트)로 만들고, 다른 곡물을 첨가할 수 있고, 효모만 넣어 발효시키고, 증류한 원액을 오크통에 담가 스코틀랜드 안에서 3년 넘게 숙성시키고, 알코올 도수 40퍼센트 이상을 유지할 것 등이다.

그러니까 스카치위스키 법에 따른 스카치위스키엔 발아한 보리, 몰트가 반드시 들어가야 한다. '싱글 그레인 스카치위스키', '블렌디드 그레인 스카치위스키'라고 표기돼 있어도 그 원료엔 몰트가 들어가 있다. 스코틀랜드에서 그레인위스키를 마시기 시작한 건 18세기 후반으로 몰트위스키보다 200~300년 뒤처진다. 그럼 몰트위스키와 그레인위스키, 둘을 섞은 블렌디드 위스키를 마시기 시작한 건? 혼자 집에서 이런저런 술을 섞어 마신 주당들은 여럿 있었겠지만, 블렌디드 위스키가 본격적으로 팔리기 시작한 건 19세기 중반부터다. 그런데 스카치위스키를 세계에 알렸던 것 역시 이 블렌디드 위스키였다.

맛이 쌉쌀하고 향이 거친 몰트위스키와 달리, 블렌디드 위스키는 단맛, 과일 향을 비롯해 프랑스의 브랜디에 가까운 맛과 향을 풍겼다. 이게 영국 상류층의 입맛을 사로잡더니, 필록세라라는 해충이 북미에서 유럽으로 들어와 프랑스의 포도밭을 쑥대밭으로 만들어 브랜디 생산량을 급감시킨 19세기 후반에 브랜디를 대신해 유럽과 미국 시장을 잠식해 들어갔다. 그러니까 스카치위스키가 브랜디를 물리치고 세계 최고의 스피릿(독주)으로 올라서게 만든 건, 몰트위스키가 아닌 블렌디드 위스키였다. 조니 워커, 밸런타인, 시바스 리걸, 제이 앤드 비, 커티샥크, 올드파…. 한국의 주당들이 수십 년 동안 마셔온 이 위스키 들이 모두 스카치위스키이자 블렌디드 위스키이다.

영화로 들어가자. 천재적인 수학자 존 내시(1928~2015년)의 이야기를 다룬 〈뷰티풀 마인드〉(론 하워드 감독, 2001년)의 도입부. 프린스턴 대학에 들어간 청년 내시(러셀 크로우)의 기숙사에 룸메이트 찰스

내시는 현실에 없는 환영의 인물들과 함께 살아간다. 그중 제일 친했던 찰스가 술에 취한 채 내시 앞에 처음 나타나 말한다. "어이 꼰대, 내가 차에 치었거던. 운전사를 봤는데 그 자식 이름이 '조니 워커'였다고."

가 나타난다. 술이 잔뜩 취한 채 내시에게 말한다. "어이 꼰대, 내가 차에 치였거던. 운전사를 봤는데 그 자식 이름이 '조니 워커'였다고."

〈뷰티풀 마인드〉는 학자로 명성을 쌓아가던 존 내시가 정신분열증에 걸려 고통받다가 그걸 극복해가는 과정을 그린다. 영화엔 현실에는 없고 오로지 내시의 환영 속에만 존재하는 인물이 셋 나온다. 찰스가 그중 하나다. 찰스가 실제 인물이 아님을, 내시는 한참 뒤 자신이 정신분열증에 걸렸다는 얘기를 듣고서야 알게 된다. 그러니까 조니 워커도 찰스가 아니라, 내시가 자기 환영 속에서 불러낸 술이

'조니 워커'의 로고 '활보하는 남자'. '조니 워커'는 스코틀랜드 킬마넉 잡화상 주인의 이름에서 따왔다.

다. 왜 조니 워커일까.

(내시의 환영 속에서) 찰스는 문학도이다. 수시로 내시에게 감정이 내키는 대로 세상에 뛰어들라고 부추긴다. 내시가 찰스를 만난 지 얼마 안 돼 그에게 말한다. "고등학교 때 선생님이 그랬어. 내 머리는 남의 두 배인데, 마음(heart)은 반쪽이라고." 그러나 실제 내시는 마음이 반쪽인 게, 정서가 그렇게 메말라 있던 게 아니었던 모양이다. 그의 마음은 열정적이고 감성이 풍부한 찰스를 불러냈고, 그와 함께 긴 세월을 산다.

내시가 스스로 살리고 싶었지만 그러지 못했던, 예술적 감성을 상징하는 게 찰스라고 한다면, 찰스의 술 조니 워커는 그 감성을 환기시키는 촉매제인 셈이다. 조니 워커라면 그럴 만해 보인다. 조니 워커는 블렌디드 위스키를 전 세계에 알리는 데에 앞장선, 블렌디드 위스키의 선두 주자이다. 당시 미국인들에게 영국 문화의 품격을 나타내는 술로 여겨졌을 법하다.

싱글몰트 위스키의 상표명은 대체로 그 술을 만든 증류소 명칭과 일치한다. 그런데 이 술, 저 술 섞은 블렌디드 위스키는 술을 만든 증류소도 여러 개여서 이름으로 쓰기 쉽지 않다. 블렌디드 위스키의 상표명 중엔 사람 이름이 많다. 어떤 사람? 잡화상 주인, 요즘으로 치면 대형마트 주인이다. 여러 종류의 몰트위스키와 그레인위스키를 팔다가 그걸 이런저런 배율로 섞어보고 맛이 '이거다!' 싶을 때 자기가 만든 상표를 붙여 팔기 시작한 게 블렌디드 위스키이다.

조니 워커라는 이름의 기원인 존 워커(1805~1857년)는 아버지가 스코틀랜드 킬마녁에 잡화상 하나를 남겨놓고 죽자, 열다섯 살 때부터 가게를 운영하면서 그곳에서 팔던 위스키들을 섞어보기 시작했다. 죽을 때쯤, 그가 만들어 팔던 블렌디드 위스키는 주변에서 인기 있는 술이 돼 있었다. 그의 아들 알렉산더 워커는 위스키 블렌딩을 보다 전문화해 1865년 '워커스 올드 하이랜드'를 내놓았고, 마케팅도 본격화해 세계 곳곳으로 수출하기 시작했다.

이 술에 '조니 워커'라는 이름이 붙은 건, 1909년 조니 워커의 손자 알렉산더 워커 2세 때의 일이다. 이때부터 저 유명한 '활보하는 남자(striding man)'의 로고와 함께, 숙성 연도가 낮은 위스키 서른다섯 가지를 섞은 '조니 워커 레드 라벨'과, 숙성 연도 12년 이상의 위스키 40종을 섞은 '블랙 라벨'(블렌디드 위스키의 숙성 연도는, 배합한 위스키들 가운데 가장 숙성기간이 짧은 위스키의 연도를 표기하도록 돼 있다)이 나왔다.

영화로 돌아와 내시의 환영 속에서만 존재하는 또 다른 인물 파처(에드 해리스)는, 내시가 펼쳐보지 못한 꿈들 중에 모험, 즉 역사의 한가운데로 뛰어드는 모험과 관련돼 있다. 미국 정보기관의 비밀요원이라는 파처는 내시에게 소련의 핵 공격 음모를 파헤치기 위해 미국 잡지, 신문에 실린 암호를 해독하라고 지시한다. 내시는 암호 해독을 위해 갈수록 골방에 파묻히고 마침내 정신병원 신세를 진다.

이 영화는 전기 작가가 쓴 동명의 책을 각색했는데, 내시가 동성애 편력과 유태인 혐오증이 있었고 정신병원을 나온 1970년 이후엔 절대로 병원 약을 먹지 않았다는 사실 등을 빼버리거나 왜곡했다는 논란이 일기도 했다. 그럼에도 감흥을 불러일으키는 건 영화가 갖는 미덕이 있기 때문이다. 내시가 환영을 극복하는 방법은, 여차하면 옆에 나타나 지시를 하거나 말을 거는 파처와 찰스를 애써 무시하는 것이다. 하지만 연구실과 정신병원에서 인생의 상당 부분을 혼자 살다시피 한 내시에게 이들 만큼 절친한 이도 없을 것이다.

영화는 파처와 찰스를 유령이나 악인으로 그리지 않는다. 어떨 땐 건조한 내시 주변의 실제 인물들보다 그들이 더 인간적으로 보이기도 한다. 파처와 찰스가 떠나지 않는 걸 두고 내시가 말한다. "아마도 내가 아직 원하는 모양이지요." 그럼에도 내시는 그들을 못 본 체하면서 대학 도서관에 처박힌다. 그런 내시에게서, 살아 버티기 위해 지난날의 꿈을 접고 오던 길을 계속 가는 보통 사람들의 모습이 엿보이기도 한다.

내시는 예순을 훨씬 넘어 노벨경제학상을 받는다. 시상식장은 그의 삶에 대한 위로의 자리이기도 하다. 그 구석에서 찰스와 파처가 내시를 담담하게 지켜본다. 내시도 그들을 보지만 잠깐뿐이다. 대화는 없고, 앞으로도 없을 거다. 쓸쓸한 위로다.

오래전에 명주를 만들며 창업 신화를 남겼던 여러 브랜드들이 거대 기업에 합병된 것처럼, 조니 워커도 스코틀랜드의 '디스틸러스 컴퍼니'라는 지주회사에 속해 있다가 1986년 이 회사가 기네스에 팔리고 1997년 기네스가 그랜드 메트로폴리탄사와 합병해 디아지오를 만들면서 디아지오에 속하게 됐다.

밸런타인 17년, 밸런타인 30년···. 1980년대 후반부터 30년 가까이 한국의 주당들이 입에 달고 다녔던 술이다. 블렌디드 위스키 밸런타인(Ballantine's)은 한때 한국에서 인기가 워낙 좋아, 한국인들을 위해 따로 블렌딩을 한다고 할 정도였다. 조니 워커와 비슷한 시기에 만들어진, 블렌디드 위스키의 원조 상표이다.

창시자인 조지 밸런타인(1808~1891년)은 열아홉 살 때부터 에딘버러에서 잡화상을 경영하며 여러 가지 위스키를 팔았다. 가게가 번성하자 1865년에 큰아들에게 넘겨주고 자신은 글래스고에 더 큰 가게를 열어 와인과 스피릿 판매에 전념했고, 이 가게에서 영국 왕실에도 납품했다. 그러면서 1869년 자신의 블렌디드 위스키를 개발해 팔았고, 이게 수요가 늘자 둘째 아들이 사업에 동참해 '조지 밸런타인 앤드 선' 주식회사를 설립했다.

그 뒤 창고를 갖춰놓고 본격적으로 자신들의 위스키를 팔면서 사업이 번창했고, 아버지 조지는 1881년 은퇴한 뒤 1891년에 사망했다. 1895년 빅토리아 여왕이 이 회사에 훈장을 수여했으며 1910년에 유서 깊은 '밸런타인 파인스트'(최하 3년 이상 숙성시킨 수십 종의 위스키를 블렌딩한 것)를 내놓게 된다.

조지의 아들은 1919년에 비싼 가격에 회사를 '바클리 앤드 맥킨리'에 팔았고, 새 주인은 '밸런타인' 이름으로 신제품 개발에 몰두해 1930년 '밸런타인 17년'과 '밸런타인 30년'을 선보였다. 1937년 주인이 한차례 더 바뀌면서 이 회사는 유럽에서 가장 큰 곡물증류소를 갖게 됐고, 1960년대에 유럽 공략에 전념해 1980년대에는 유럽의 넘버원 브랜드로 꼽히게 됐다. 이 회사는 1988년 얼라이드 도맥을 거쳐 2005년 다국적 주류 기업 페르노리카에 넘어갔다.

영화 속 혈연 공동체처럼,
달고 찐득한 아이리시위스키의 맛

아일랜드 국민 위스키, 제미

제임슨과 〈디파티드〉

원래 위스키는 스코틀랜드보다 아일랜드에서 먼저 만들어졌다. 19세기 초까지만 해도 위스키의 메카는 더블린이었다. 판도가 바뀌기 시작한 건 19세기 중반, 연속식 증류기가 스코틀랜드에 보급돼 보리 아닌 다른 곡물로 만든 그레인위스키를 몰트위스키와 섞어(블렌디드 위스키) 대량으로 팔기 시작하면서부터였다. 단식 증류기를 이용한, 몰트 위주의 위스키를 고집하던 아일랜드 위스키, 즉 아이리시위스키는 우선 가격경쟁력에서부터 뒤처지기 시작했다.

19세기 후반, 스코틀랜드에서 연속식 증류기를 이용해 질 낮은 위스키들이 쏟아져 나오자, 아일랜드와 미국에선 자기들이 만든 위스키를 스카치위스키와 구별하기 위해 'whisky'를 'whiskey'로 바꿔 표기하기 시작했다. 인터넷 백과사전 위키피디아에 따르면, 아일랜드와 스코틀랜드의 위스키 싸움은, 보리 아닌 다른 곡물로 만든 증류주를 섞은 것을 위스키로 부를 수 있느냐를 두고 법정으로까지 갔다가 1908년 스코틀랜드의 승리로 끝났다. 이후 전통적인 방식을 고집하던 아이리시위스키는 스카치위스키에 확연히 밀리기 시작했다.

그럼 아이리시위스키와 스카치위스키의 차이점은 뭘까. 우선, 앞에서도 말했듯이 아이리시위스키는 대다수가 몰트위스키임에 반해, 스카치위스키의 대다수는 블렌디드 위스키이다. 그리고 몰트위스키에 한정해서 볼 때, 스카치위스키는 몰트만으로 만드는 데 반해 아이리시위스키는 몰트에 발아하지 않은 그냥 보리를 섞는 경우가 많다. 또 아이리시위스키는 스카치위스키와 달리 토탄을 태운 연기로 몰트를 그을리는 과정을 거치지 않는다. 이로 인해 아이리시위스키는 훈연의 향이 없고 단맛이 강하다.

〈디파티드〉(마틴 스콜세지 감독, 2006년)는, 홍콩영화 〈무간도〉를 리메이크한 작품이다. 폭력 조직의 두목이 자기 심복을 경찰학교에 보내 경찰로 만들어 스파이로 삼는다. 거꾸로 경찰은 경찰대로 경찰관 한 명을 암흑가의 조직원으로 위장 잠입시킨다. 두목을 잡으려는 경찰과 경찰을 따돌리려는 조직 사이의 전쟁이 커지고, 두 스파이의 역할도 커지는 동시에 둘에게 위험이 닥쳐온다. 〈디파티드〉는 〈무간도〉의 이야기 틀을 그대로 가져오면서 홍콩의 폭력 조직을, 보스턴에 사는 아일랜드계 미국인 사회의 폭력 조직으로 바꿨다.

어떤 영화든 원작과 비교해 평가하는 게 썩 훌륭한 일은 아니지만, 각색의 의도를 읽는 데 도움이 되는 건 사실이다. 〈무간도〉에서 폭력 조직이 뿌리내린, 홍콩 하류사회는 누구도 탈출할 수 없는 감옥처럼 다가온다. 식민지로 근대화를 맞은 그곳에 버티고 있는, 혈연 지연 중심의 전근대성 속에서 두목은 자연스럽게 아버지가 되고 그 아버지의 룰은 실정법을 넘어서는 공동체의 윤리로까지 작동하면서 구성원들의 내면을 구속한다. 이게 '반대 조직에 엇갈리게 침투한 두 스파이'라는 만화 같은 설정에 사실감에 더해 동시대성까지 부여한다.

이런 구도를 살리기 위해 〈디파티드〉는 아일랜드계 미국인 사회를 내세운다. 조직의 두목 코스텔로(잭 니콜슨)도, 반대 조직의 스파이로 들어간 두 젊은이도 모두 아일랜드계이다. 코스텔로는 둘의 아버지를 모두 안다. 좁은 혈연사회, 이게 두 젊은이에게 쉽게 피할 수 없는 운명 같은 굴레감을 주지만 그 무게감이 아무래도 〈무간도〉만 못하다. 아이리시 아메리칸 사회가 미국 대중문화에서 보수적, 가부장적이며 술에 취해 있고 갱스터들이 많은 곳으로 종종 묘사돼왔지만 이 사회도 이미 미국의 주류 가운데 하나가 된 지 오래다(아이리시 아메리칸은 미국 인구의 12퍼센트에 이르며, 아일랜드 혈통으로 볼 때 직계인 케네디 대통령과 방계로 오바마를 비롯해 여러 대통령을 배출했다).

여기서 많은 차이가 나타난다. 〈무간도〉의 배신은 인류를 거스르

코스텔로가 직접 운영하는 아이리시 펍. 숏글라스에 담긴 위스키와 맥주를 놓고 번갈아 마신다.
바텐더가 따르는 녹색 술병이 제임슨임을 짐작하게 한다.

는 것으로 보이는 데 반해, 〈디파티드〉에서의 배신은 개인의 실리적 선택에 가까워 보인다. 또 〈무간도〉에선 특별히 잔인하거나 악한 캐릭터가 없다. 공동체의 생존 논리가 모두를 비인간적으로 만들면서 황폐화시킨다. 반면 코스텔로는 잔인하기 그지없다. 사악한 질서를, 사악한 캐릭터가 대체하면서 〈디파티드〉는 사실감과 동시대성 모두를 잃어가는 아쉬움을 남기지만, 어쨌든 이 영화의 무대는 아이리시 아메리칸 사회이다.

영화엔 코스텔로가 직접 운영하는 술집이 자주 나오는데, 그곳에 오는 아일랜드계 미국인들의 상당수는 숏글라스에 담긴 위스키와 맥주를 함께 놓고 번갈아가며 마신다. 코스텔로도 그렇게 마신다. 위스키를 잔술로 시켜 마시는 탓에 술병은 보이지 않지만 카메라가 잠깐 바텐더를 훑고 지나갈 때 바텐더가 따르는 녹색 술병이 보인다. 이곳이 아이리시 펍임을 감안하면 그 위스키가 뭔지 짐작하기 어렵지 않다. '제임슨'이다.

예나 지금이나 아이리시위스키의 대표 브랜드는 제임슨이다. 10여 년 전 파리에서 더블린으로 가는 비행기를 탔을 때, 음료를 서비스하던 스튜어디스가 권하는 메뉴에 제임슨 작은 병이 있었다. 그걸 달라며 '제임슨'이라고 했더니, 스튜어디스는 잠시 못 알아듣다가 '제머슨?' 하고 되묻고는 건네주었다. 더블린의 바에서 사람들은 '제미'라고 불렀다. 제임슨은 아일랜드의 국민 위스키라고 불러도 과언

이 아닐 듯했다.

창업주 존 제임슨(1740~1823년)은 원기왕성한 사업가였다. 서른 무렵인 1770년에 위스키를 만들기 위해 더블린에 터를 잡았다. '제임슨'의 인터넷 홈페이지 표현을 빌리면 "1770년대에 더블린에서 위스키 회사를 차리는 건, (스튜디오 영화의 최전성기였던) 1940년대 할리우드에서 새로 영화사를 차리는 것과 비슷"할 만큼 무모한 도전이었다. 거기서 존 제임슨은 1780년 몰트에 그냥 보리를 섞는 공정에 더해, 세계 최초로 세 번의 증류 과정을 거친 위스키 제임슨을 내놓았다. 그때까지 위스키는 모두 두 번만 증류해 만들고 있었다.

제임슨은 출시되자마자 인기를 얻어 1년에 3만 갤런 이상의 생산 실적을 올리면서 1800년대 초 세계 최고의 위스키라는 명성을 얻었다. 그러나 아일랜드 독립전쟁과 그에 이은 영국의 봉쇄 조처로 제임슨은 아메리카라는 거대 시장에 들어가지 못했고, 결국 '최고의 위스키' 지위를 스카치위스키에 내주고 만다. 그럼에도 단식 증류기를 이용한 전통적 제조 방식을 고집하면서 지금도 아이리시위스키 가운데 가장 많이 팔리고 있다.

한국에도 한글로 '우스게바하'라는 이름을 붙여놓은 술집이 있다. 우스게바하? 위스키(whisky)라는 명칭은 '우스게바하(usquebaugh)'를 줄여 영어식 표기로 옮긴 것이다. '우스게바하'는 아일랜드 게일어 'uisce beatha'에서 온 것으로, 'uisce'는 '물(water)', 'beatha'는 '생명의(of life)'라는 말로 합하면 '생명의 물'을 뜻한다. 증류주를 지칭하는 라틴어 '아쿠아 비테(aqua vitae, 생명의 물)'와 조어법이 같다. 프랑스에서 과일주를 증류한 브랜디를 '오드비(eau de vie, 생명의 물)'라고 부르는 것과도 동일하다.

라틴어의 증류주라는 말인 '아쿠아 비테', 게일어의 위스키 '우스게바하', 브랜디를 지칭하는 프랑스어 '오드비'가 모두 '생명의 물'이라는 뜻인데, 언제부터인가 증류주를 뜻하는 단어는 '스피릿(spirit, 영혼)'으로 한 차원 더 격상됐다.

이 위스키를 마시면 헷갈릴 거야.
여기가 일본인지 스코틀랜드인지. 저 여자가 내게 무엇인지.

위스키 맛엔
통역이 필요 없네

산토리 위스키와 〈사랑도 통역이 되나요〉

위스키나 와인을 오크통에서 숙성시킬 때 증발돼 줄어드는 미세한 양을 두고, 서양인들은 '천사의 몫(앤젤스 셰어)'라고 부른다. 거기엔 유머도 있고 광고 효과도 있다. '얼마나 맛있으면 천사가 돈 안 내고 훔쳐 마실까…' 그런데 천사도 서로 주량이 다른 모양이다. 스카치 위스키의 본산지인 스코틀랜드 지방은 저기압이어서 증발량이 매년 2퍼센트 남짓이라는데, 그보다 기압이 높은 한국에선 증발량이 더 많은 모양이다. 한 주류회사 관계자에게 "스카치위스키 수입량이 세계 5위 안에 드는 한국이 위스키 원액을 못 만드는 이유가 뭐냐?"고 물었더니 그 원인으로 수질, 피트(토탄) 매장량의 차이 등과 함께 기압에 따른 '천사의 주량 차이'를 꼽았다. 1980년대 초반에 한 양조회사가 위스키를 증류해 오크통에 담갔는데 자연 증발량이 심각할 정도로 컸다는 것이다. 한국은 천사도 술을 많이 마시는 모양이다.

일본은 기후가 달라서일까. 자국산 위스키의 시장점유율이 매우 높고, 이로 인해 위스키 소비량은 한국보다 많지만 수입량은 현저하게 적다. 뿐만 아니라, 일본 위스키는 수십 년 전부터 세계 위스키 시장에서 인기가 상종가를 이어가고 있다. 그 대표 주자인 '산토리 위스키'는 빌 머레이와 스칼렛 요한슨이 출연한 영화 〈사랑도 통역이 되나요〉(소피아 코폴라 감독, 2003년)에서 '영화 역사상 가장 긴 피피엘(PPL. 영화 소품으로 실제 상품을 등장시키는 광고)'이라는 말이 나올 정도로 자주 등장한다.

영화는 일본 도쿄라는 이국땅에서 우연히 만난 미국인 중년 남자와 미국인 젊은 여성 사이에 벌어지는 로맨스라기보다, 로맨스가 될까 말까 하다가 마는 마음속의 '잠재적인 로맨스'를 다룬다. 남녀 둘다 결혼했고, 배우자와 약간 소원한 듯도 하지만 그렇다고 큰 문제가 있는 것도 아니다. 같은 호텔에 투숙한 게 연이 돼, 현지인들과 말도 잘 안 통하는 그곳에서 함께 밥 먹고, 술 먹고, 노래방 가고 하다가 미묘한 감정이 생긴다. 그러나 점잖게 절제한 채 입맞춤 한 번 하고 헤어진다.

아니, 절제한다기보다 절제하지 말아야 할 이유를 찾지 못하는 것처럼 보이는데 그게 더 공감이 가게끔 만든 영화다. 남자는 호텔 안의 사우나, 수영장, 바를 전전하고 여자는 호텔방 창가에 우두커니 앉아 있기 일쑤다. 이국 문화에 대한 호기심이 약하거나 각자 자기 삶의 한 전환점에 있어서 속이 복잡하거나 둘 중 하나일 텐데, 어떻든 간에 둘 다 열정적이기보다는 수동적이고 뻔뻔하기보다는 소심해 보인다. 이런 둘에게 외부에서 극적인 계기가 주어지지 않는다면 뭘 기대하기 힘들 것이고, 실제로 그런 계기는 좀처럼 안 생기고, 또 실제로 우리들도 대체로 이 둘과 비슷하지 않은가. 아닌가?

사람들 사이의 거리를 유지한 채 거기서 약간의 유머와 스산함을 길어내는 이 영화의 분위기는, 알코올 도수 높고 향이 강한 위스키와 잘 맞아떨어지지는 않는다. 영화에 산토리 위스키가 등장하는 건 할리우드 중견 배우인 남자 주인공이 도쿄에서 산토리 위스키 광고를 찍기 때문이다(이 영화의 감독인 소피아 코폴라의 아버지인 프란시스 포드 코폴라 감독이 1970년대에 구로사와 아키라 감독과 함께 산토리 위스키 광고를 찍은 게 이런 설정의 계기가 됐다고 한다). 영화 속에서 시에프(CF) 촬영 장면 외에, 주인공이 위스키를 마시는 모습이 두세 차례 나온다. 그런데 심드렁한 그의 얼굴을 보면 그 위스키가 그리 맛있어 보이지 않는다.

영화에서 남자 주인공의 눈에 비친 일본 문화는 낯설고 기묘하다. 일본인들은 무척 수다스럽거나 아니면 말이 없다. 어느 쪽이든 영어를 너무 못한다. 엽기적인 섹스 문화도 등장한다(여자 주인공이 접하는 일본의 풍경은 조금 다르다. 스산하지만 이따금씩 온기가 느껴지는 구석이 있다). 세상 일에 지치고 관심이 시들해진 중년 남자의 내면을 드러내 보이려는 의도일 테지만 여하튼 그 술, 산토리 위스키를 마실 때 남자의 표정은 자못 냉소적이다. 이런 말을 하는 듯하다. '이제 너희들이 위스키까지 만드네! 뭐 그런대로 마실 만은 하네!'

마실 만은 하다? 이 산토리 위스키사가 만든 '히비키 30년산'은 〈위스키 매거진〉 주최로 런던에서 열린 '월드 위스키 어워드 2008'에서 '최우수 블렌디드 위스키'로 뽑혔다. 또 산토리와 함께 일본 위스키의 양대 주자인 닛카 위스키가 만든 '요이치 20년산'이 같은 대회에서 '최우수 싱글몰트 위스키'로 선정됐다. 그 무렵 위스키의 모국인 영국 언론에 일본 위스키에 관한 기사가 많이 실렸다. 거기엔 중국, 인도, 러시아의 위스키 소비량 증가로 세계 위스키 시장이 급증하고 있는데 그 혜택을 일본 위스키가 누릴 거라는 전망이 많았다. 아닌 게 아니라 2014, 2015년부터 싱글몰트 위스키 '요이치'와 산토리가 만든 싱글몰트 위스키 '야마자키' 같은 술은 원액이 달려 수출량을 줄이기 시작했다고 한다.

일본 위스키를 얘기할 때 '일본 위스키의 아버지'로 불리는 다케쓰루 마사타카(1895~1979년)를 빼놓을 수 없다. 일본 술 사케를 만드는 집안에서 태어난 그는 일찍부터 위스키에 눈독을 들여 스물다섯살인 1918년에 스코틀랜드 글래스고 대학 화학과로 유학을 갔다. 학과 공부보다 위스키 양조 과정을 더 배우고 싶어 했던 그는, 동양인을 백안시하던 당시 그곳의 풍토를 무릅쓰고 양조장 롱먼 디스틸러리의 문을 두드렸다. 1820년대, 영국 정부가 공인한 제1호 스카치위스키인 '글렌리벳'을 만드는 유서 깊은 이 양조장의 대표 J. R. 그랜트는 다케쓰루에게 5일간의 견학을 허락했다. 문이 열린 것이다. 1920년대 산토리 위스키사에서 첫 일본산 스카치위스키를 만들고, 1934년에 독립해 닛카 위스키를 차려 오늘에 이르게 한 게 바로 이 인물이다.

100년 전 일본인이 영국에 가서 스카치위스키를 배우고 돌아와 일본에서 만들었다. 이제 명품이 된 그 위스키는 물량이 달려 세계 위스키 애호가들이 그걸 마시려고 안달한다. 요즘 같은 세계화 시대에, 술 산업에 관한 한 유달리 더 국제적 인수 합병이 심한 상황에서 술의 국적을 말하는 게 무슨 의미가 있는 건지 잘 모르겠지만, 그럼에도 위스키 원액 한 방울 만들지 못하는 우리로서는 부러울 수밖에 없는 일이다.

한걸음 더 | **위스키 아버지의 러브 스토리**

'일본 위스키의 아버지' 다케 쓰루 마사타카를 얘기할 때 면 꼭 따라붙는 사랑 이야기 가 하나 있다. 다케쓰루와 결 혼해 죽을 때까지 40년을 함 께 살았던 스코틀랜드 여자 리타와 다케쓰루의 사연이

다케쓰루와 그의 아내 리타

그것이다. 다케쓰루는 1918년 스코틀랜드에 도착해, 자신과 같은 글 래스고 대학에 다니는 후배 여학생의 집에 하숙을 하게 된다. 거기서 후배 여학생의 언니인 리타와 사랑에 빠져 스물여섯 살인 1920년에 결혼을 한다.

다케쓰루를 막 만났을 때, 리타는 자기 약혼자를 1차 세계대전에서 잃은 직후였다. 다케쓰루보다 한 살 적었던 리타는 부모님의 허락을 받지 않은 채, 랭크셔 교외에서 다케쓰루와의 결혼식을 감행했다. 하 객은 리타의 여동생과 그 친구뿐이었고, 식이 끝난 뒤의 만찬에 참 석한 손님도 다케쓰루가 다니던 대학의 교수 한 명뿐이었다. 나중에 딸의 결혼 소식을 알게 된 리타의 어머니는 결혼을 취소하라고 요구 했고, 다케쓰루의 집안도 마찬가지여서 결혼에 반대한다는 뜻을 전 하기 위해 집안 어른이 스코틀랜드까지 찾아오기도 했다.

홋카이도 요이치에 있는 닛카 위스키 양조장

하지만 둘의 의지는 확고했고, 결혼 뒤 함께 일본으로 와 리타는 일본 위스키를 탄생시키는 다케쓰루의 고군분투를 격려하는 가장 큰 지지자가 됐다. 리타가 일본에 온 직후 일본인들이 리타를 대하는 태도는 친절했지만, 곧 2차대전이 터져 일본과 영국이 적국이 되면서 리타는 자신을 스파이 취급하는 시선과, 제도적 차별에 시달려야 했다. 하지만 전쟁이 끝나자 리타는 양국 간의 교류를 다시 시작하는 데에 앞장서 많은 일을 했다. 그로 인해 리타의 고향인 스코틀랜드 키킨틸로치와, 다케쓰루가 설립한 닛카 위스키의 양조장이 있는 일본 요이치 두 지방이 자매결연을 맺었다.

다케쓰루와 리타의 사이는 더없이 좋았던 것으로 전해지지만, 둘 사이엔 아이가 없었다. 둘은 히로시마에 살다가 히로시마 원폭으로 가족이 다 죽고 고아가 된, 다케쓰루의 조카 다케시를 양아들로 입양했고, 다케시는 양아버지를 이어 일본 위스키 업계에 종사하고 있다. 리타는 다케쓰루보다 18년 먼저, 예순다섯 살이던 1961년에 세상을 떠났다. 리타와 다케쓰루는 요이치에 나란히 묻혀 있다.

"난 (코냑보다) 버번위스키가 더 좋아"
＝
"영국 첩보부와 007은 (유럽연합보다) 미국을 위해 싸울 거야."

영국과 싸우며 만든 미국의 영혼

버번위스키와 〈007 골든 아이〉

007 제임스 본드가 새로 온 상관 M에게 불려간다. M은 전임자들과 달리 여자이다. 007과 M 사이에 약간의 언쟁이 있은 뒤 M이 분위기를 바꾸자는 취지로 말한다. "술 한잔 하겠나?" 007이 말한다. "전임자께선 코냑을 즐겨 드셨습니다." 새로 온 상관 앞에서 부하 직원이 전임자의 취향을 얘기하는 건, 일종의 '개김'이다. M은 단호하게 말한다. "난 버번이 더 좋아." 둘 사이의 긴장은 쉽게 가라앉지 않고, 결국 007은 M에게서 '호전적'이고 '여성차별주의자'라는 핀잔까지 듣는다. 그래도 M은 상관답다. 미션을 부여받고 일어서는 007에게 짧게 한마디 하는 걸 잊지 않는다. "살아 돌아오게."

　이 장면을 술에 주목하고 리플레이. 코냑은 프랑스를, 버번은 미국을 각각 대표하는 독주, 스피릿이다. '스피릿'에 '영혼'이라는 뜻도 있으니 좀 과장하면 두 술은 각각 프랑스와 미국의 영혼인 셈이다. 코냑은 과일주를 증류한 브랜디 가운데 가장 명성이 높고, 버번은 곡주를 증류한 위스키 중에서 가장 명성이 높지는 못하지만 미국이 만든 몇 안 되는 술로 세계적인 소비량도 꾸준히 늘고 있다. 코냑, 버번 모두 두 나라의 지명으로, 술에 이 명칭을 사용하는 것을 두 나라 정부가 관리하고 있다. 007 시리즈에 나오는 M은 영국 정보국 MI6의 수장을 칭하는 암호이다. 영국 정보국에, 코냑을 좋아하던 수장은 가고 버번을 좋아하는 수장이 왔다?

앞에 인용한 영화는 1995년에 나온 〈007 골든 아이〉이다. 1990년대 중반은, 베를린 장벽 붕괴 이후 서구의 역학관계가 미국 대 소련에서 미국 대 유럽연합으로 옮겨가던 때이다. 1993년 출범한 유럽연합은 회원국 수를 늘리고 통합의 강도도 높여갔고, 프랑스는 그 중심에 있었다. 영국은 유럽연합 회원국이면서도, 유럽연합 못지않게 미국과의 동맹관계에 몰두하는 어정쩡한 입장에 있었다. 그때 새로 부임한 영국 정보국장이 "난 버번이 더 좋아"라고 말한다. '우리의 노선은 미국'이라는 영화의 선언처럼 들리지 않는가.

이쯤에서 술 얘기를 하자. 버번위스키는 원료인 곡물 가운데 통상 70퍼센트 이상(미국 정부 법으로는 51퍼센트 이상)을 옥수수로 만든 발효액을 증류한 위스키이다. 미국 법은 증류한 술을 오크통에서 2년 이상 숙성시켜야 '버번'이라는 말을 쓸 수 있도록 한다(스카치위스키에 대해 영국 법이 요구하는 숙성기간은 3년 이상이다). 스카치위스키에 비해 싸구려 술로 통해오다가, 이후 6년 이상 숙성된 버번이 대량생산되면서 통념이 조금씩 바뀌고 있다.

이 버번은 18세기 후반 미국에서 마시기 시작했는데, 공교롭게도 그 역사에서부터 미국과 영국의 갈등이 얽혀 있다. 미국 서부 개척기 초기, 넓디넓은 땅에 옥수수가 무척 잘 자라 사람 먹고 소와 말 먹이고도 남았다. 이걸 미국 동부에 가져다 팔자니 운송비도 안 나오고, 그래서 술로 담가서 마시고 또 그 술을 다른 물자와 교환하는 화폐 대용으로 쓰기까지 했단다. 마침 미국이 영국과 독립전쟁, 1812년 전쟁 등을 벌이는 동안 설탕과 당밀 등의 수입이 힘들어졌다. 그때까지 미국에서 주로 마시던 독주는 럼주였는데, 사탕수수가 원료인 럼 역시 원활히 생산되지 못했다. 그래서 옥수수로 만든 버번위스키가 그 대체제로 자리매김하기 시작했다.

버번의 역사에 영국이 등장하는 건 여기에 그치지 않는다. 이름부터 그렇다. 버번위스키는, 켄터키주에 있는 버번 지방에서 만들어졌다고 해서 붙은 이름인데 '버번(Bourbon)'이라는 지명은 프랑스 부르봉 왕조에서 따온 것이다. 미국이 영국과 독립전쟁을 벌일 때 프랑스의 부르봉 왕가가 미국을 지지했기 때문이다('위스키'의 표기도 미국과 영국이 다르다. 스카치는 'whisky'이고 버번은 'whiskey'이다. 53쪽 '제임슨과 〈디파티드〉 참조). 또 하나. 독립전쟁으로 빚에 쪼들리게 된 미국 연방정부가 1791년 '위스키 세금'을 매기자, 주류제조업자들이 '위스키 반란'까지 일으켰다가 결국 연방정부의 통제 밖에 있는 켄터키주로 옮겨갔고 마침내 그곳에서 훗날(1964년) 미국 의회가 '미국 고유의 스피릿(America's Native Spirit)'으로 공인한 버번위스키가 탄생했다. 말하자면 버번은, 미국이 (007의 모국인) 영국과 싸우면서 만들어낸 '미국 고유의 영혼'이다.

〈007 골든 아이〉는 1962년 〈007 닥터 노〉 이후로 알버트 브로콜리가 제작한 열일곱 번째 007 영화이다. 직전의 007 영화 〈살인면허〉(1989년)까지는 1년 반에 한 편 꼴로 제작돼온 데 반해 이 영화는 6년 만에 나왔다. 베를린장벽 붕괴, 소비에트연방 해체 등은, 냉전체제를 기반으로 탄생한 007 시리즈의 이야기 틀을 다시 만들지 않으면 안 되도록 했을 거다. 실제로 〈007 골든 아이〉는 이언 플레밍의 원작 소설을 기초로 하지 않은 첫 번째 007 영화이기도 하다.

영국 첩보원 007이 세계 평화를 위해 싸우는 이 시리즈의 원작 소설은 '영국이 세계를 지킨다'는 '팍스 브리태니카' 이데올로기에서 출발했지만, 실제 역사는 누가 봐도 분명하게 미국 주도로 흘러갔다. 그래도 냉전시대엔 같은 자본주의 국가로서 영국과 미국의 이해관계가 일치하는 면이 클 수 있었겠지만 1990년대부턴 달라졌다. 미국의 적이 곧 영국의 적이라고 말하기 힘들어졌는데 이제 어쩔까. '버번이 더 좋아'라는 M의 말은 술에 빗대 유머러스하게 표현한, 그 답이기도 하다.

그럼 이제 007은 누구랑 싸울까. 피어스 브로스넌이 007로 처음 출연한 〈007 골든 아이〉에서 그는 소련이 아니라, '야누스'라는 무기 밀매 집단과 싸운다. 물론 이전의 데탕트 시기에 007은 소련 첩보원과 함께 세계 평화를 해치려는 제3의 세력과 싸운 적도 있다. 하지만 자세히 보면 뭔가 달라졌다. '야누스'는 걸프전 때 미국과 싸우던 이라크를 지원했다. 1999년 나온 〈007 언리미티드〉에서 007이 맞서 싸우는 국제 테러리스트의 활동 무대엔 아프가니스탄, 이라크, 이란, 북한 등 미국의 적성국가가 망라돼 있다. 2002년 〈007 어나더 데이〉에서 007의 적은 북한군이었다. 그 뒤 대니얼 크레이그가 제임스 본드로 출연한 007 영화에서 007의 적은 특정 국가와 연관이 적은 범죄 조직으로 대체되지만, 이 영화에서 '난 버번이 더 좋아'라는 말은 유머 치고는 좀 섬뜩한 유머였다(원래 007 영화를 대표하는 술은, M이 마시는 코냑이나 버번이 아니라, 제임스 본드가 마시는 마티니이다. 007 영화는 마티니 제조법을 바꿔놓기까지 했다. 231쪽의 '마티니와 〈007 시리즈〉'를 보시길).

미국에서 최초로 계엄령이 선포된 건 위스키 때문이었다. 1791년 당시 미국 연방정부 재무장관이던 알렉산더 해밀턴이 미국 독립전쟁으로 피폐해진 연방 재정을 보충하기 위해 위스키에 세금을 매기기 시작했다. 해밀턴은 세입 확대라는 경제적 이유 외에, 미국 농민들을 과도한 음주로부터 보호한다는, 최근 한국에서도 논의됐던 '죄악세' 같은 이유도 덧붙였다.

하지만 위스키 세금은 소비자 아닌 생산자에게 부과됐고, 생산

위스키 반란을 진압하는 조지 워싱턴을 묘사한 그림

자 가운데서도 대량 양조업자들보다 영세한 업자들에게 훨씬 불리하게 매겨졌다. 그러니 잉여 농산물을 처리하는 방식으로 버번위스키를 담가왔던 미국 서부의 농민들에겐 더 억울한 일이었다. 여기에 당시 미국 대통령이던 조지 워싱턴이 거대 위스키 제조업자 중의 하나였다는 점도 농민들의 공분을 부추겼다. 여기저기서 반대 집회가 열렸고, 마침내 1794년 시위대들이 펜실베이니아에서 폭동을 일으켜 조세 징수원의 집을 공격하고 징수원을 린치하는 일이 벌어졌다.

그러자 워싱턴 대통령은 계엄령을 선포하고 1만3,000명 가까운 민병대를 모집해, 자신이 직접 지휘하면서 폭동 진압에 나섰다. 폭동은 계엄군이 펜실베이니아에 도착하기도 전에 사그라들어 충돌은 없었지만, 정부는 20명을 체포했다. 이 가운데 두 명이 사형선고를 받았으나 미숙아, 정신이상자 등의 이유로 사면됐고, 20여 명에게 벌금형이 내려졌다. 문제가 된 위스키 세금은 그 뒤에 유명무실한 채로 있다가 1803년에 폐기됐다.

너는 자유가 두려운 사람들에 둘러싸여 자유를 두려워하며 살았던 거야.
이제라도 그걸 알았으면 짐 빔을 꺼내! 병째 마셔!

한 모금 삼키고 '닉, 닉, 닉'

짐 빔과 〈이지 라이더〉

"사람들이 널 무서워하는 게 아니야. 네게서 풍기는 냄새가 두려운 거야. … 그들이 네게서 맡는 건 자유의 냄새야."(영화 〈이지 라이더〉 중에서 조지의 말)

혼란기, 침체기에 새로운 바람을 몰고 온 영화일수록 제작과정에 웃지 못할 일화가 많기 마련이다. 알다시피, 베트남 전쟁이 시작되고 반전데모가 일어나고 로큰롤과 마약이 젊음을 상징하던 1960년대 말부터 시작된 미국영화의 새로운 경향을 '뉴 아메리칸 시네마'라고 부른다. 〈우리에게 내일은 없다〉, 〈졸업〉, 〈이지 라이더〉 등이 그 효시에 해당하는 영화인데, 이 중에서도 〈이지 라이더〉(데니스 호퍼 감독, 1969년)는 제작과정이 말 그대로 '개판 5분 전'이었다.

조지가 마신 술은 '짐 빔'이었는데 그보다 뇌리에 꽂힌 건 그가 한 말이다. '사람들이 두려워하는 게 바로 자유' 라는 그 대사였다.

　'두 남자가 큰돈을 챙겨 오토바이를 타고 미국을 횡단한다'는 한 줄짜리 아이디어만 가지고 각본도 없이 촬영을 시작했고, 시나리오를 가지고 작가와 감독과 주연배우(피터 폰다)가 서로 자기가 썼다고 다투면서 법정까지 갔고, 감독과 카메라맨이 필름통 집어던지며 싸우고, 싸우다가 옆방으로 밀려들어가 보니 피터 폰다가 여배우 둘과 침대에서 뒹굴고 있고, 빛이 새서 색이 바랜 필름을 그대로 쓰고, 다섯 시간짜리 영화를 고집하는 감독을 휴가 보내놓고 다른 이들끼리 편집하고…. 더 궁금한 이들은 『헐리웃 문화혁명』(피터 비스킨드, 시각과 언어, 2001년)이라는 책을 읽어보시길.

　여하튼 그런 에피소드들 외에 내용이 거의 잊혀져가던 이 영화를 다시 떠올린 건 최근의 한 술자리에서였다. 한 후배가 이 영화를 처음 봤다고 했고, 다른 친구가 이 영화에서 잭 니콜슨이 독주를 한 입 삼키고 하던 이상한 몸짓을 흉내낼 때였다. '그때 잭 니콜슨이 마신 술이 뭐였더라?' 마침 영화에 대한 기억도 가물가물하던 차에 〈이지 라이더〉를 다시 봤다. 술은 옥수수로 만든 버번위스키, '짐 빔'이었는데 그보다 뇌리에 꽂힌 건 앞에 인용했던 대사, '사람들이 두려워하는 게 바로 자유'라는 그 대사였다.

그랬구나! 전에 봤을 땐 내가 어려서 몰랐구나. 이 영화가 성공한 건 피터 폰다가 긴 다리를 앞으로 내밀고 반쯤 누워서 타던, 할리 데이비슨 오토바이의 폼 때문만이 아니었구나. 영화는 그렇게, 2차대전 이후 자유진영을 대표하던 나라인 미국에 내재해 있던 파시즘의 핵을 짚었구나!

두 청년, 캡틴아메리카(피터 폰다)와 빌리(데니스 호퍼)는 코카인을 샀다가 되팔아 큰돈을 챙긴다. 그 돈을 비닐 파이프 안에 넣고, 그걸 다시 오토바이 기름통 안에 넣고는 캘리포니아에서 플로리다까지 미국 대륙을 횡단한다. 둘이 뭐하던 이들인지, 플로리다에 가서 뭐할 건지 설명이 없다.

여행 도중에 히피 공동체를 만나고, 한 시골 마을에서 경찰의 눈에 거슬려 유치장에 갇히기도 한다. 이 유치장에서, 술 취해 주정부리다가 갇힌 변호사 조지(잭 니콜슨)를 만난다. 조지까지 셋이 유치장에서 풀려난 직후, 조지는 주머니에서 짐 빔을 꺼내 병나발을 분 뒤, 닭 날갯짓하는 것처럼 오른쪽 팔꿈치로 옆구리를 치면서 '닉, 닉, 닉' 하고 외친다. 얼굴을 잔뜩 찌푸린 채 숨을 참고선, 그 짓을 하더니 '카!' 하고 탄식 소리를 낸다. 독주를 깡술로 마시는 느낌을 무척 잘 살린 이 몸짓은 이후 영화에서 누군가가 따라한 것 같기도 하다.

술 당기는 김에 여기서 술 얘기. 1795년부터 만들어져 200년 넘는 역사를 가진 짐 빔은, 버번위스키를 대표하는 상표 중의 하나이다. 18세기 중반에 독일에서 미국으로 이민 온, 성이 빔('Böhm'으로 쓰다 가 'Beam'으로 바뀜)인 가족이 대를 이어 술을 만들어 팔았고, 금주령 이 끝난 1930년대에 회사를 다시 시작한 제임스 B. 빔의 이름을 따 서 술 이름을 '짐 빔'으로 지었다. 20세기 중반에 경영권이 다른 회사 로 넘어갔고, 2014년부터 일본 그룹 산토리 홀딩스의 자회사인 '빔 산토리'가 운영하고 있다.

한국에선 짐 빔보다 '잭 대니얼스'를 많이 마시는데, 잭 대니얼스 는 엄밀히 말해 버번위스키가 아니다. 옥수수가 주원료인 건 맞지만, 증류한 원액을 오크통에 담기 전에 단풍나무 숯으로 여과하는 과정 을 거치기 때문에 '테네시 위스키'라고 분류한다. 실제로 술도 버번 이라는 곳이 속해 있는 켄터키주가 아닌, 테네시주에서 만든다.

그럼에도 짐 빔과 잭 대니얼스는, 우리로 치면 '참이슬'과 '처음처 럼'의 관계처럼 미국에서 가장 라이벌을 이루고 있는 술이다. 인터넷에 보면 "JD(잭 대니얼스)는 스트레이트로 먹기에 너무 거칠어요", "소프트드링크와 잘 섞이는 건 JB(짐 빔)보다 JD랍니다" 등등의 기호 다툼이 치열하다. 우리처럼, 이따금씩 입이 거친 누리꾼들도 있는 모양이다. "'와일드 터키'가 짱! JB나 JD는 술도 아니다."

영화에서 조지가 짐 빔을 마시는 건, 미국에서 가장 익숙한 술을 마신다는 것, 그러니까 그냥 술을 마신다는 것 외에 별다른 의미가 없는 듯하다. 실제로 이 영화에 자주 등장하는 건 술이 아니라 대마초이다. 유치장에서 나온 뒤, 조지도 여행에 합류한다. 자꾸만 술을 마시는 조지에게 캡틴아메리카가 대마초를 권한다. 그 표정이 꼭 "왜 몸에 나쁜 술을 마셔, 더 좋은 게 있는데."라고 말하는 것 같다.

셋은 한 시골 마을 식당에 들어갔다가, 그곳 보안관을 비롯한 남자들의 공격적인 시선에 휩싸인다. "저 수염 봐, 머리 꼬라지하고는." "남자 망신 다 시키고 있네. 자기들끼리 그 짓도 할 거야." "손 좀 봐줘야 하는 거 아냐. 동네 물 흐리게 생겼다고." 분위기가 더 험악해지고, 셋은 식당을 나온다. 모텔에서도 쫓겨나 숲에서 야영을 한다.

조지: 그들은 네가 두려운 게 아냐.
　　　네가 풍기는 냄새가 두려운 거야.
빌리: 우리 머리가 좀 긴 게 그렇게 두려운가?
조지: 아니, 그들이 네게서 맡는 건 자유의 냄새라고.

빌리: 자유가 뭐가 문젠데? 제일 소중한 것 아냐?

조지: 그럼, 제일 소중한 것이지. 하지만 자유에 대해 말하는 것과 자유 속에 있는 건 완전히 다른 거라고. 시장에서 노동력을 사고팔면서 자유로울 수 있기란 정말 힘들단 말이야. … 그들은 개인의 자유에 대해 수없이 얘기할 거야. 하지만 정말 자유로운 사람을 만나면, 그들은 두려워진다고.

이 대화가 오고 간 그날 밤, 잠자던 셋은 몰래 쳐들어온 마을 사람들로부터 몰매를 맞고 조지가 죽는다. 나머지 둘도 얼마 뒤 '자유로운 사람을 두려워하는' 또 다른 이들에 의해 비참한 결말을 맞는다. 누군가의 말대로 '작가가 없는, 반문화의 자동 창작품'에 가까운 이 영화는 그 반문화의 힘으로 미국에 숨어 있는, 자유에 대한 공포와 그로 인한 자유에 대한 억압을 드러내면서 제작비의 40배에 이르는 수익을 올렸다.

지금 봐도 이 영화는 자동차, 의상 등등을 빼고는 옛날 영화 같지가 않다. 자유에 관한 한, 이 영화가 만들어진 그때 그곳에서부터 50년 동안 시계가 멈춰선 것 같은 느낌이랄까. 선각자 조지를 생각하며 한 모금 삼키고 '닉, 닉, 닉'.

한걸음 더 ㅣ **버번위스키의 법적 요건**

1964년 미국 의회는 버번위스키를 '미국 고유의 스피릿'으로 선언하면서 버번위스키에 대한 연방 표준 규범을 만들었다. '버번'이라는 이름을 쓰려면 이 조건들을 만족시켜야 한다.

1 버번은 곡물로 만들되, 옥수수의 함량이 그 가운데 최소 51% 이상이어야 한다.

2 버번은 알코올 도수 80도(80% abv) 이하로 증류해야 한다.

3 버번은 숯에 그을린 새 참나무통에서 숙성시켜야 한다.

4 버번을 숙성시키기 위해 통에 담글 때 알코올 도수가 62.5도를 넘어서는 안 된다.

5 위와 같은 요건을 충족하고 2년 이상 숙성시킨 버번은 '스트레이트 버번'이라는 명칭을 쓸 수 있다.

6 숙성기간이 4년에 못 미치는 버번은 반드시 라벨에 숙성기간을 표기해야 한다.

7 라벨에 숙성기간을 표기할 경우, 병에 들어간 위스키 가운데 가장 덜 숙성된 위스키의 기간을 표기해야 한다.

사랑도, 망가짐도, 정의도,
미국인처럼. 당연히 술도.

'잭 대니얼스' 아닌가요?

잭 대니얼스와 〈여인의 향기〉

미국영화에 단일 브랜드로 가장 많이 출연한 술은? '잭 대니얼스' 아닐까. 버번위스키처럼 옥수수를 주재료로 함에도 제조 과정이 조금 달라 테네시 위스키로 분류되는, 그럼에도 대다수가 버번위스키의 가장 대표적인 브랜드로 알고 있는 그 술. 한국에서도 꽤 많이 마시는 이 술의 필모그라피는 화려하다. 〈샤이닝〉, 〈아토믹 블론드〉, 〈스카페이스〉, 〈제리 맥과이어〉, 〈007 골든 아이〉, 〈어 퓨 굿맨〉, 〈플래툰〉, 〈여인의 향기〉, 〈레인메이커〉, 〈맨 온 파이어〉….

1875년에 태어난 이 술은 역사도 짧고 테네시주 무어카운티라는 촌 동네 출신이지만, 그곳의 천연광천수를 이용하고, 증류 이전의 발효 단계에서 원료들을 묵혀 단맛을 줄인 뒤, 증류액을 단풍나무 숯으로 여과하는 특유의 제조 과정을 꾸준히 지키면서 명성을 쌓아갔다. 1904년에 열린 세인트루이스 세계박람회의 위스키 경연대회에서 스코틀랜드의 명주들을 제치고 금상을 받으면서 이름을 미국 너머로까지 알리기 시작했다.

『잭 다니엘, 신화가 된 사나이』(피터 크라스, 모티브북, 2004년)라는 책에 재미난 일화가 나온다. 잭 대니얼스 회사는 '테네시 유지들'이라는 팬클럽을 만들어, 회원들에게 테네시주의 땅 문서 복사본을 줬다. 실제 소유와 아무 상관없는 기념품인 셈이다. 그런데 러시아 전 대통령 보리스 옐친이 앓아 누웠을 때, 참모들이 서류를 정리하다보니 옐친이 테네시주의 땅을 매입했다는 문서가 나왔다. 큰일 났다 싶어 급히 알아본 결과, 옐친이 '테네시 유지들'의 회원이었다는 것이다.

이 술이 가장 비중 있게 등장하는 영화가 〈여인의 향기〉(마틴 브레스트 감독, 1992년)이다. 퇴역한 중령 프랭크(알 파치노)는 군에서 사고로 장님이 됐다. 중년이 다 지나도록 결혼도 안 했다. 특별히 내세울게 없어 보이는데 성질이 괴팍하다. 남의 약점을 후벼 파듯 말하고, 남에게 도움을 청할 때 도무지 겸손할 줄 모른다. 그는 영화 내내 잭 대니얼스를 끼고 산다.

뉴욕의 호텔에 묵으면서 홈바를 '존 대니얼스'로 채워넣으라고 한다. 장애인 도우미 자격으로 함께 간 고등학생 찰리(크리스 오도넬)가 되묻는다. "잭 대니얼스 아닌가요?" 프랭크 왈, "꼬마야, 너한텐 잭일 지 모르지만 너도 나처럼 그놈을 오랫동안 알다보면 말이다…, 농담 이야." 하도 오랫동안 그 술을 마셔오다보니 불알친구처럼 느껴져 자기만의, 혹은 젊을 때 그 술을 같이 마셨던 집단끼리의 애칭으로 부르게 됐다는 말일 거다.

이건 잭 대니얼스에 대한 예찬이자, 프랭크라는 캐릭터에 대한 상 징적인 묘사이기도 하다. 프랭크는 육군 보병 장교로 한국전쟁에도 참전했다. 옷을 칼같이 단정하게 입을 땐 군인 같지만, 미국인이 아 니랄까 봐 여자를 더없이 좋아한다. 또 페라리 자동차를 타고 싶어 한다. 그는 미국을 지켰고, 자유주의자의 기질이 있고, 돈과 소비에 대한 욕망이 있다. 그 시대를 살았던 미국인의 한 전형인 셈인데, 하 나가 부족하다. 바로 술. 그는 잭 대니얼스를 좋아한다. 이렇게 잭 대 니얼스는 미국인다움과 프랭크를 연결하는 한 고리가 된다.

프랭크에 대해 영화는 몇 발짝 더 나아간다. 그는 세상을 냉소하 는 야인이지만, 콤플렉스가 있고 나약하다. 독설로 그런 모습을 감추 는데, 처음 만난 사람들에겐 그게 통하지만 가까울수록 안 통한다. 추수감사절에 형 집에 갔다가 체면이 바닥나고 만다. 조카에게 '쓰레 기(asshole)' 소리를 듣고 멱살잡이를 하다가 나온다. 그는 가족들조 차 반기지 않는 사람이다. 왜 그렇게 됐을까. 비굴하지 않으려는 그 의 모습을 보면, 그에겐 남다른 명예 의식이 있고 최소한 그건 지켰을 것 같은데.

〈여인의 향기〉는 명예와 양심에 관한 영화다. 명예와 양심은 같은 편 같지만, 타락한 사회에선 그러기 힘들다. 명예를 얻기 위해선 양심을 버리거나 양심의 질문 앞에 무뎌져야 하고, 양심을 지키다 보면 명예를 얻을 기회로부터 멀어지기 쉽다. 영화는 미국 사회가 명예와 양심의 병행을 얼마나 보장해주느냐를 도마 위에 올려놓는, 다시 말해 미국 시민사회의 초심을 묻는, 1940년대 프랭크 카프라 감독 영화의 인민주의적 전통을 이어간다.

프랭크와 며칠 동안 동행했던 찰리는, 막 사회에 발 디딜 나이에 양심의 문제로 고민한다. 학교 교장이 동료 학생의 비행을 고자질하면 하버드대학 장학생으로 보내주겠다는 제안을 했기 때문이다. 찰리는 고자질을 거부하고, 교장은 찰리를 징계위원회에 넘긴다. 이 모습을 지켜본 프랭크가 야인 특유의 정의감과 예리함으로 학생과 교사들이 다 모인 자리에서 일갈한다. "찰리의 침묵이 옳은지 그른지 나는 모르겠지만, 그는 최소한 자신의 미래를 위해 남을 팔지 않았다. 그것이 바로 고결함이며 용기이다."

공은 징계위원회로 넘어갔다. 영화에서 미국 시민사회를 은유하고 있는, 이 명문 고교에서 프랭크의 독설이 통할까. 결론을 말하기 전에, 이미 관객에게는(최소한 나에게는) 통했다. 그의 말이 멋있지 않은가. 거기엔 양심이자 초심이 담겨 있다. 그 말에 설득력을 더하기

프랭크는 미국을 지켰고, 자유
주의자의 기질이 있고, 돈과 소
비에 대한 욕망이 있다. 그 시
대를 살았던 미국인의 한 전형
이다.

프랭크는 잭 대니얼스를 좋아
한다. 뉴욕의 호텔에 묵으면서
홈바를 '존 대니얼스'로 채워넣
으라고 한다.

위해, 그 말을 하는 인물에게 그럴 만한 자격을 부여하기 위해, 캐릭터 묘사에 이렇게 공을 들이는 영화의 태도도 근사하다.

잭 대니얼스의 창업자인 잭 대니얼(재스퍼 잭 뉴튼 대니얼, 1850~1911년)이 살았던 미국은 훨씬 더 타락했다. 남북전쟁이 있었고, 극심한 인종차별 속에 KKK단이 만들어졌고, 주세가 높은 데 비례해 밀주와 뇌물이 횡행했고, 상당수 기독교인들은 그 모든 죄를 술에 돌려 금주운동을 열렬히 펼쳤다. 아일랜드 출신 이민 3세인 잭 대니얼은 태어난 지 얼마 안 돼 어머니가 죽고, 남북전쟁으로 가세가 기울면서 아버지도 죽고 새엄마가 떠나자 10대 중반에 이웃 농가에 들어가 농사일을 도와주며 자랐다.

운명처럼 그 농가의 주인이 증류소를 가지고 있었고, 거기서 맡은 옥수수 증류주의 냄새 속에서 잭은 장래의 희망을 보게 된다. 스물다섯 살에 아버지 소유의 농장이 팔리면서 유산을 상속받게 되자 증류소를 세웠다. 서른 즈음에 이미 부자가 된 잭이 그 뒤에 한 일 가운데 눈에 띄는 건 두 가지이다. 하나는 술 제조 상한을 하루 300갤런으로 정해놓고 이걸 지키면서 술의 품질을 유지했고, 또 하나는 교회에 다니지 않으면서도 교회에 헌금을 많이 내고 봉사활동도 하면서 금주운동의 표적에서 비켜갔다는 것이다.

하지만 그가 죽은 뒤 전국적인 금주령이 시행됐고, 회사를 이어받은 그의 조카(잭은 프랭크처럼 여자를 좋아했으면서도 죽을 때까지 결혼을 안 해 자녀가 없었다)는 다른 사업으로 자산을 지켜오다가 금주령이 해제된 뒤 공장을 다시 세웠다. 그 조카가 죽고, 자식들이 회사를 이어받았다가 1956년 브라운-포맨이라는 거대 주류·음료 기업에 팔아, 지금은 브라운-포맨이 잭 대니얼스를 만들고 있다.

잭 대니얼스가 아메리칸 위스키의 새 역사를 열어젖힐 때, 그 반대편에는 술 자체를 지구상에서 몰아내기 위해 온몸을 던져 헌신한 캐리 A. 네이션(1846~1911년)이 있었다. 잭 대니얼은 기독교도들이 중심이었던 금주운동에 직접 맞서기보다, 교회에 정기적으로 헌금하는 타협적 방식을 구사한 탓에 캐리 네이션과 직접 부닥치지는 않았다. 하지만 잭과 생몰 연대가 똑같은 이 여자의 격렬한 금주운동이 불러온 여파는 그의 사업에 큰 장애물이 아닐 수 없었다.

캐리 네이션은 처음 결혼한 남자가 알코올 중독에 빠져 이혼했고, 변호사로 장관까지 지냈던 열아홉 살 연상의 남자와 재혼한 뒤 기독교 여성 금주운동 단체의 지부를 만들었다. 네이션의 운동 방식은 처음엔 그리 과격하지 않았다. 바텐더에게 "영혼의 파괴자야!" 하며 욕하고 술집 들어가 찬송가 부르는 식이었다. 이게 별 효과가 없어 답답해하던 어느 날, (네이션 자신의 말로) 신의 계시를 들었다. 네이션이 해석한 그 계시는 이랬다. "손에 뭐든 들고 가서, 다 부셔버려라." 네이션은 돌멩이를 들고 술집으로 가 "주정뱅이의 운명으로부터 너희들을 구하러 왔다"고 말하고는 진열대를 부쉈다. 그렇게 술집 세 곳을 부순 뒤 캔자스에 토네이도가 불어닥쳤고, 네이션은 이걸 자기를 지지하는 신의 계시로 해석했다. 네이션 스스로 자신을

"예수님의 발을 따라다니며 그분이 싫어하는 것들을 향해 짖는 불도그"라고 불렸다.

기독교 금주운동 단체의 여성들이 네이션을 지지하며 함께 다녔고, 네이션의 방식은 더 과격해져 손도끼를 들고 술집을 부수러 다녔다. 1900년부터 10년 동안 그녀는 이같은 파괴 행위로 30번 투옥됐다. 키 180cm에 몸무게 80kg의 거구인 그녀를 체포하기 위해 경찰관 네 명이 달려들어야 했다. 그러나 투옥을 거듭하면서 지지자가 늘어났고 그녀가 들고 다니는 손도끼가 기념품으로 팔려나가 그 수익으로 보석금을 지불하기도 했다. 술집에선 네이션을 닮은 모양의 술병을 만들어 술을 담았고, '캐리 빼고 모든 국가(네이션) 환영'이라는 팻말을 내걸었다.

네이션은 연설 도중에 쓰러져 예순다섯의 나이로 세상을 떠났다. 어릴 때 어머니가 자신이 여왕이라는 환영에 사로잡힌 바람에 여종 노릇을 하며 컸던 불행한 과거 등으로 인해, 그녀의 이야기는 미국에서 오페라로도 만들어졌으며, 그녀가 살던 캔자스의 집은 1976년에 사적으로 지정됐다.

2장

스피릿

독주를 뜻하는 '스피릿'은 통상 알코올 도수 35도 이상에 설탕을 첨가하지 않은 증류주를 말한다. 일부에선 알코올 도수와 상관없이 증류주 전체를 스피릿이라고 부르기도 한다. 이 장에서는 위스키를 제외한 나머지 독주, 스피릿들을 살펴본다. 보드카는 감자 같은 잡곡을 발효시켜 증류하되 알코올 함량 100퍼센트에 가깝게 증류한 뒤 물을 섞는다. 보드카 같은 증류 알코올에 주니퍼베리를 첨가해 다시 증류한 게 진이고, 서양 쑥의 일종인 웜우드를 넣어 다시 증류한 게 압생트이다. 천 년도 더 전에 수수를 발효, 증류시켜 만든 중국의 백주는 서양의 스피릿보다 훨씬 역사가 깊다.

곡물 외에 포도, 사과 같은 과일로 만든 증류주를 통칭 브랜디라고 한다. 브랜디 가운데 프랑스 코냐크 지방에서 나오는 포도로 만든 게 코냑이며, 프랑스 노르망디 지방의 사과로 만든 것이 칼바도스다. 또 식물 가운데 사탕수수에서 설탕을 빼내고 남은 당밀을 발효시켜 증류한 게 럼이다. 용설란(아가베)의 밑동을 쪄서 발효시키면 풀케라는 발효주가 되고, 증류하면 메즈칼이 된다. 한국에서도 많이 마시는 테킬라는 메즈칼 가운데 멕시코 할리스코주 테킬라 마을의 블루아가베로 만든 걸 말한다.

보드카 | 럼 | 테킬라
백주 | 압생트 | 칼바도스

남자: 이 술 먹다 죽을 거야. 말리지 마.
여자: 자기 주려고 샀어. 휴대용 술통.

죽음처럼 명료한
순수 에탄올

보드카와 〈라스베이거스를 떠나며〉

여자: 죽기 위해 술을 마셔요?

남자: 글쎄, 술을 계속 마시기 위해 죽는 건지도 모르죠.

마이크 피기스 감독의 1995년 영화 〈라스베이거스를 떠나며〉는, 술 마시며 죽어가는 남자(니콜라스 케이지)의 이야기이다. 이혼 당하고 회사에서 쫓겨난 것 정도만 영화엔 나오지만, 이 남자는 여하튼 심한 알코올 중독자가 돼버렸고, 삶의 의지를 잃어버렸거나 거의 다 잃어가고 있는 중이다. 남은 재산 탈탈 털어 현금으로 바꾸고, 그걸로 술 마시다 죽겠다며 라스베이거스로 온다.

그에게 죽음과 술 가운데 어떤 게 목적이고 어떤 게 수단일까. 어려운 질문이다. 알코올 중독자에게 술이 목적이냐 수단이냐…, 그렇게 술 마시다 죽으면 그게 고의냐, 미필적 고의냐… 나까지 머리 아프고 우울해진다. 실제로도 우울한 이야기이다. 그런데 고귀한 술을 말하면서 술 먹다 죽는 영화를 끌어와도 될까?

이 영화를 개봉 당시 극장에서 보고 나선 혼자 단골 술집에 가서 폭탄주를 마셨던 기억이 난다. 이 정도 영화를 봤다고, 이 정도 협박을 받았다고 내가 술을 끊겠냐, 어림없다, 자, 봐라. 난 마신다! 뭐 그런 객기가 조금은 있었겠지만 꼭 그것만은 아니었다. 영화의 초점은 죽음이 아니라 사람 사이의 관계에 놓여 있기 때문이다. 그걸 말하기 위해 시작 뒤 15분 동안 남자의 시점으로 진행하다가 타이틀을 올리며, 타이틀이 끝남과 동시에 여자(엘리자베스 슈)를 등장시키면서 시점을 여자에게로 옮겨놓는다.

라스베이거스의 창녀인 여자는 가학성 성도착증을 가진 남자 포주에게 시달리며 산다. 그러다가 주인공 남자를 만난다. 마음이 그에게 끌릴 즈음에, 포주가 죽고 해방이 된다. 주인공 남자를 자기 집에 들이고 함께 산다. 창녀인 여자가, 술 마시다 죽겠다는 남자를 만나 뭘 해주고 뭘 받을까. 그건 좀 이따가 살펴보고, 여하튼 남자는 술 마시다 죽어간다. 어떤 술?

영화가 진행되는 동안 남자는 모든 알코올을 마셔대지만 자세히 보면 분위기에 따라 마시는 술에 차이가 있다. 남자가 라스베이거스

남자는 아무 술이나 막 마시는 것 같지만 맥주, 위스키, 보드카 등 술 종류에 따라 그걸 마실 때의 상황이 다 다르다.

에서 차를 몰다 여자와 마주칠 때 마시고 있던 건 맥주이다. 둘이 가까운 곳으로 여행을 떠나 유희를 즐길 땐 위스키를 마신다. '내 인생 나도 몰라'라는 듯 차를 몰며 술을 들이부어 댈 때, 중독 증세가 심해져 자다가 깨어나 벌벌 떨며 약처럼 술을 마실 때, 후반부에 끝이 얼마 안 남았다는 듯 초췌해진 모습으로 의식을 치르듯 마실 때 그의 손에 들린 건 보드카이다.

이 영화에서 보드카는 다른 어떤 술보다도 더 죽음과 맞닿아 있다. 왜 그럴까. 두 가지를 꼽을 수 있을 것 같다. 첫째, 보드카의 제조 과정이다. 위스키, 럼 등의 다른 스피릿(독주)과 달리 보드카는 증류 과정을 여러 번 거치면서 알코올 농도를 95퍼센트 이상으로 만든 다음에 그걸 다시 물에 섞어 원하는 도수로 만든다. 위스키나 럼은 원하는 도수에 맞춰서 거기까지만 증류하거나, 원하는 도수보다 5~10퍼센트만 높게 증류한다. 이 때문에 보드카엔 메탄올 찌꺼기 같은 불순물이 거의 없는 대신, 위스키나 럼과 같은 특유의 향도 없다.

보드카의 숙취는 다른 술과 확실히 다르다. 내 경우에 보드카를 스트레이트로 많이 마신 다음 날엔 머리가 아프거나 비위가 거슬리거나 하는 일은 거의 없다. 대신, 어깨와 무릎 관절 같은 곳에 힘이 빠져 연체동물이 된 것처럼 흐느적거린다. 순수 에탄올의 숙취는 자질구레하게 머리나 위장 따위를 건드리지 않고, 곧바로 인체의 기본 에너지를 빼버린다. 보드카는 마시고 취할 때도, 술 깨면서 힘들 때도 모두 깨끗하고 분명하다. 굳이 죽음과 연관시킨다면, 이런 이미지가 낫지 않을까.

둘째는 보드카의 대중적 인기이다. 1950년대까지만 해도 보드카는 소련과 유럽 밖에선 시들했는데 1970년대 중반 미국에서 버번위스키를 앞서기 시작하더니 21세기 들어 전 세계에서 가장 많이 마시는 스피릿으로 자리 잡기 시작했다. 미국 증류주 협의회 〈Distilled Spirits Council〉의 자료에 따르면, 2017년 미국인들은 9리터 통을 기준으로 버번위스키든 스카치위스키든 위스키를 통틀어 6만4,000통 마셨는데 보드카는 7만1,300통을 마셨다. 위스키에 비해 가격도 싼 보드카는 그만큼 서민적인 술이기도 하다. 밑바닥 인생인 남녀의 곁에, 이 술은 어울린다.

영화로 돌아와, 주인공 남녀 둘 다 처참한 처지이지만 서로에게 해줄 수 있는 게 별로 없다. 남자가 여자에게 "나더러 술 마시지 말라는 말 하지 마"라고 했더니, 다음 날 여자가 조그만 휴대용 술통을 남자에게 선물한다. 남자가 여자에게 천사 같다고 하니까 여자는 "난 당신을 이용하고 있을 뿐"이라고 말한다.

보통의 러브 스토리라면 남에게 뭘 어떻게 해주기 위해 발버둥을 칠 텐데, 이 영화의 남녀는 그렇게 하지 않는다. 거꾸로 자기가 원하는 것 앞에 충실하려 하고, 그럼으로 해서 이 둘은 끝까지 함께 있는다. 그런 모습이 딱하고 고맙고, 그걸 보다 보면 살면서 사람에게 바랄 게 많지 않구나, 그래도 사람이 고맙구나, 그런 스산한 위로 같은 게 자기 안에 생기고, 그럴 때 〈앤젤 아이스〉, 〈컴 레인 오어 컴 샤인〉 등등 주옥 같은 음악들이 흐르고, 결국 목이 칼칼해지고…. 그런 식으로, 알코올 중독으로 죽어가는 이를 보면서 술 생각이 나게 하는 이상한 영화!? 술꾼에겐 모든 게 술 핑계가 될 수 있으니 자제하자.

보드카 얘기가 나왔으니 하나 더. 보드카 브랜드 중에 가장 많이 팔리는 스미노프는 1860년대에 모스크바에서 설립된 회사인데, 10월 혁명 뒤 이스탄불로, 폴란드로 옮겨다니면서 상표권 분쟁까지 벌어졌다가 2006년 '디아지오'라는 주류회사와 결합했다. 영국 런던에 본사를 둔 디아지오는 조니 워커, 제이 앤드 비 등의 스카치위스키, 고돈스 진, 베일리스 등의 브랜드를 가지고 있으며 1997년 기네스사와 결합해 기네스 맥주 브랜드까지 소유하고 있다. 2017년 중국 국영 주류회사 '구이저우 마오타이'에 추월당하기 전까지 세계 최대의 주류회사였다.

한국에서 제일 유명한 앱솔루트 보드카는 1879년 설립된 뒤 스웨덴 정부에서 국유화해 운영하다가 2008년 초 파리에 본부를 둔 페르노리카에 매각됐다. 시바스 리갈, 밸런타인 등의 스카치위스키와 아이리시위스키 제임슨, 커피 리큐어 칼루아 등의 브랜드를 거느리고 있던 페르노리카는 앱솔루트 보드카의 매입으로 한때 디아지오를 제치고 세계 최대의 주류회사로 올라서기도 했다.

한걸음 더 | **보드카 칵테일 하나**

무색무취의 보드카는 칵테일의 베이스로 가장 인기가 좋다. 대체로 당도가 높다면 어떤 과일이든 주스를 짜고 보드카를 타면 (경우에 따라 소다수를 첨가해도 좋다) 먹기가 좋다. 오렌지주스에 보드카를 탄 '스크루드라이버', 오렌지, 복숭아, 크랜베리주스에 보드카를 탄 '섹스 온 더 비치' 등이 그 대표적인 예다.

내가 개발(?)한 보드카 칵테일 하나. 레몬주스에 보드카를 넣는 건데, 레몬이 당도가 높지 않은 만큼 사이다(서양식 사과술이 아닌 한국식 탄산음료 사이다)를 섞는다. 레몬주스는 미리 만들어 파는 레몬즙을 쓰지 말고, 레몬을 짜서 쓴다. 중요한 것은 레몬을 껍질째 힘껏 짜서 주스 색이 뽀얗게 되도록 해야 한다는 것이다. 비율은 보드카 750mL에 레몬 6~8개, 사이다 1L와 얼음을 넣는다.

여러 명이서 파티를 할 때, 큰 그릇에 레몬을 함께 짜 넣고 보드카와 사이다를 붓고 얼음을 넣고 저어서 잔에 따라 마시면 된다. 내 경험으로 이 칵테일을 싫어한 이는 없었다.

허무와 싸우는 떠돌이의 무기, 럼

혼돈의 힘으로
허무와 외로움을
누르다
럼과 〈캐리비안의 해적〉

〈캐리비안의 해적〉 시리즈(1, 2, 3편 고어 버빈스키 감독, 2003, 2006, 2007년/ 4편 롭 마셜 감독, 2011년/ 5편 요아킴 뢰닝, 에스펜 샌드베르그 감독, 2017년)를 보면서 나는 『피터 팬』을 떠올리지 않을 수 없었다.

　『피터 팬』의 피터 팬은 어른이 되기를 거부한 채, '네버랜드'라는 작은 섬에서 고아 어린이들과 요정들과 어울리면서 해적 후크 선장과 전쟁, 혹은 전쟁놀이를 하며 산다. 여기서 네버랜드를 카리브해 전체로, 나아가 이 세계 바다 전체로 확장하고 해적 선장을 후크 한 명에서 바르보사, 데비 존스, 샤오펭, 살라자르 등으로 늘리면 어떻게 될까. 〈캐리비안의 해적〉이 되기에 부족한 게 있을까. 죽지 않는 후크 선장이나, 〈캐리비안의 해적〉에서 이미 죽어버린 바르보사, 심장이 뽑혀나간 데비 존스, 저주에 사로잡혀 유령의 형상으로 바다를 떠도는 살라자르 선장이 크게 달라 보이지 않는다. 그들과의 싸움은 전쟁이라기보다 전쟁놀이처럼 보인다.

무대를 그렇게 넓히면, 『피터 팬』의 집 없는 고아 어린이들은 〈캐리비안의 해적〉의 해적선 선원들이 되면 된다. 『피터 팬』의 요정들은, 판타지를 강조하면 〈캐리비안의 해적〉에서 복수를 벼르는 여신 칼립소가 될 것이고, 유희나 쾌락을 강조하면 카리브해 섬 항구의 여자들이 될 것이다. 어느 쪽이든 관람 등급 연령이 높아질 수는 있어도, 텍스트 안에서의 역할에 본질적인 차이는 없다.

다음은 주인공 캐릭터이다. 어른이 되기를 거부한다? 가족이나 집단에 대한 책임을 떠맡지 않고 놀고 싶어 하는 것이다. 그럼으로써 자기 의지와 무관하게 일어나는 가난, 질병, 전쟁(진짜 전쟁) 등등의 비극으로부터 도망쳐 다니겠다는 것이다. 하지만 속세에서는 그러기 힘들기 때문에 피터 팬은 성장을 멈춘 채 세상과 동떨어진 네버랜드 안에 묻혀 산다.

〈캐리비안의 해적〉의 주인공 잭 스패로 선장(조니 뎁)은 이미 다 커버렸다. 그럼에도 그 역시 조직이나 공동체에 대해 책임지려 하지 않는다. 가족도 없고, 사회의 어떤 조직에도 발 담그지 않는다. 말이 해적이지, 유머가 있고 여성스럽기까지 한 그에게서 공격적인 면모는 찾아보기 힘들다. 어떻게 선장이 됐는지 모르지만, 부하 선원들에 대한 책임감도 없어서 위기가 닥치면 혼자 도망치기 일쑤다. 그러면서 끊임없이 바다와 육지를 떠돌며 놀려고 한다.

속세의 질서와 전혀 다른 질서, 혹은 무질서의 세계를 무대로 삼고, 거기서 판타지에 가득 찬 모험을 하는 주인공이 속세로 돌아오려고 하거나 속세의 질서를 그곳에 심으려고 하기는커녕 그 세계 안에서 끝없이 놀려고 한다는 점에서 두 텍스트는 닮았다. 그러나 이야기는 다르게 전개된다. 먼저 두 주인공 사이의 큰 차이점. 피터 팬과 달리 잭 스패로는 럼을 마신다는 것이다. 그냥 술이 아니라 럼을!

나는 피나콜라다나 모히토 같이 럼을 베이스로 한 칵테일은 종종 마셨어도 스트레이트로 럼을 자주 마셔보지는 않았다. 한번 스트레이트로 럼을 많이 마셨던 다음 날, 머릿속에 어지러움이 오래 남았다. 달큰하면서 비릿한 알코올 향이 여느 독주보다 강하고, 그게 입에 붙는 날에는 그만큼 더 잘 들어가지만 술을 깨기까지 체력이 많이 소모된다. 육체적으로 건장한, 육체노동을 많이 하는 사람들이 더 좋아할 것 같고, 그래서 뱃사람들이 많이 마시는 것 아닐까 싶다.

럼의 역사에도 그런 기록이 나온다. 럼이 처음 만들어진 게 카리브해의 바베이도스섬인데, 이 섬에서 나온 17세기 중반의 한 문건은 럼이 "독하고, 지옥 같고, 끔찍한 술"이어서 그 별명이 '악마를 죽인다'는 뜻의 '킬 데블'이라고 전하고 있다. 실제로도 좀 더 정제된 럼이 나오기 전인 19세기 중반까지는 조금이라도 분위기를 잡는 카페에

잭 스패로는 럼을 입에 달고 살다시피 한다. 깰 때의 그 지옥 같은 고통은 어떻게 할까, 밀려오는 허무감과 외로움을 어떻게 견딜까. 하지만 잭은 멀쩡하게 다시 바다와 육지를 돌아다닌다. 이쯤 되면 대단한 내공이다.

서는 내놓지 않을 만큼 싸구려 술로 취급됐다고 한다. 럼의 어원이라는 'rumbullion'이라는 말도 소동, 난동을 뜻한다. 그러니까 19세기 중반 전까지 럼은 마실 때 독하고, 취하면 소동이나 난동을 부리게 하고, 깰 때는 지옥 같은 술이었다는 말인데, 18세기 해적들은 그 럼을 마셨을 거다.

영화에서 잭 스패로도 그 럼을 입에 달고 살다시피 한다. 마실 땐 그렇다 쳐도 깰 때의 그 지옥 같은 고통은 어떻게 할까. 집도 절도 없이 돌아다니는 이들이, 특히 잭처럼 특별한 권력욕도, 별달리 집착하는 대상이나 가치도 없어 보이는 이가 광란의 취기에서 깨어날 때 밀려오는 허무함과 외로움을 어떻게 견딜까. 잭은 혼자 있을 때 간간이 자기 분열 증상을 겪는다. 3편에서 그가 혼자 '이 세상 끝'에 갔을 때 그 분열은 극에 달한다. 영화는 코믹하게 그리지만, 이건 끔찍한 이야기다. 하지만 잭은 멀쩡하게 다시 바다와 육지를 돌아다니며 논다. 이쯤 되면 대단한 내공이다.

잭의 이런 내공에 힘입어 〈캐리비안의 해적〉은 이야기를 달리 풀어간다. 『피터 팬』에서 피터 팬은 속세에 사는 웬디를 판타지의 세계로 데려갔다가, 다시 속세로 데려다준다. 두 세계는 더 이상 충돌이 없다. 〈캐리비안의 해적〉에선 속세에서 해적의 세계로 들어온 엘리자베스를 따라 영국군들이 쳐들어온다. 이런 두 세계의 충돌로 인해 해적 세계도 질서가 재편될 수밖에 없는 상황에 놓인다. 거기서 잭은 해적 세계의 총책을 맡을 것을 요구받게 된다. 잭은 자신이 공유하고 있던 피터 팬의 비타협성, 집단에 편입돼 그 집단을 책임지는 것을 거부하는 태도를 버릴 것인가.

그럴 리가 없다. 자신과 달리 사랑이라는 가치의 고결함을 믿어마지않는 다른 남자에게 그 책임을 잽싸게 떠넘기고는 전처럼 이렇다 할 집착 없이, 필요하면 배도 버리고 여자도 버리면서 다시 바다로 나간다. 5편에서도 마찬가지다. 잭과 여자 사이에 뭔가가 생길 것 같으면 바로 다음에 코믹한 소동극이 이어진다. 이 이야기 틀에서 로맨스는 잭의 몫이 아예 아닌 것으로 정형화된다. 부하들에 대한 책임? 선장을 맡았다가 도망치고 또 맡고, 부하들이 선장으로 모시다가 개무시하고 내팽개치다가 또다시 선장으로 모시고⋯, 이런 일이 매 편마다 되풀이돼 이 시리즈의 한 패턴을 이룬다. 말하자면 그는 럼으로 무장한 피터 팬이다. 럼이 주는 혼돈의 힘으로 허무와 외로움을 누르면서 끝없이 놀려고 하는.

영화의 무대인 카리브해에선 지금 럼 전쟁이 진행 중이다. 럼의 대표 상표 바카디와 미국이 그 한편에 있고, 반대편엔 쿠바와 프랑스가 있다. 파쿤도 바카디(1814~1886년)가 19세기 중반 쿠바에 세운 바카디사는 럼의 품질을 한 단계 상승시키면서 폭발적인 성공을 거뒀다. 한 세기 지나 카스트로의 좌파 정권이 들어서서 모든 시설을 국유화하자 바카디사는 푸에르토리코로 회사를 옮겨 럼을 생산하면서 카스트로 정부를 와해시키려는 미국 중앙정보국(CIA)의 공작을 열렬히 지원했다. 심지어 쿠바의 정유시설을 폭격하기 위해 회사가 직접 폭격기를 사기도 했다고 한다.

그 사이 쿠바 정부는 '아바나 클럽'이라는 기존의 럼 브랜드를 국유화하고 세계적인 주류회사 페르노리카와 합작 생산해 매출이 급증했다. 그러자 바카디사는 미국으로 망명해 있던, 아바나 클럽 상표의 원래 소유자로부터 사용권을 매입했고, 이로 인해 아바나 클럽 상표의 사용권을 둘러싼 쟁송이 계속되고 있다. 현재 미국을 제외한 다른 나라에는 쿠바산 아바나 클럽이, 미국 안에서는 바카디사가 만드는 푸에르토리코산 아바나 클럽이 팔리고 있다. 바카디, 아바나 클럽 창시자의 모국인 스페인 법정에선 2011년까지 세 차례에 걸쳐 페르노리카의 아바나 클럽 상표 소유권을 인정해줬다. 미국과 쿠바의 관계가 풀린 뒤인 2016년 미국 정부가 쿠바 정부의 아바나 클럽 상표 사용을 인정하자, 바카디사와 바카디 공장이 있는 플로리다주의 변호사들이 이에 반발해 트럼프 행정부에 이의 신청을 냈다고 한다.

럼은 당밀에 물과 효모를 넣고 발효시킨 뒤 증류해 만든다. 당밀은 사탕수수즙에서 설탕을 추출하고 남은 것으로, 설탕과 칼로리가 같고 비타민과 칼슘, 마그네슘 같은 미네랄을 다량 포함하고 있어 영양식품으로도 쓰인다.

색이 짙고 향이 강한 다크 럼과, 무색에 향도 약한 라이트 럼, 둘의 중간인 골드 럼으로 구분된다. 통상 다크 럼은 발효를 천천히 시키고 단식 증류기를 쓰며, 라이트 럼은 발효를 빨리 시키고 연식 증류기를 사용한다. 라이트 럼은 칵테일의 베이스로 많이 쓰이는 반면 다크 럼, 골드 럼은 주로 스트레이트로 마시거나 얼음을 넣어 마신다.

위스키나 브랜디처럼 럼도 증류한 뒤 통상 1년 이상의 숙성기간을 거친다. 그러나 숙성기간은 위스키나 브랜디에 비해 훨씬 짧다. 대개는 미국 버번위스키를 숙성시킨 오크통에서 숙성시키며 이 경우 색이 진해진다. 무색투명한 라이트 럼의 경우는 스테인리스 탱크 안에 저장한다.

사탕수수즙을 발효해 술로 만들어 마신 건 고대 인도와 중국이었지만, 이걸 증류해서 마시기 시작한 건 17세기 중반 카리브해 연안 섬들에서였다. 설탕용 사탕수수를 재배하기 위해 아프리카에서 끌려온 노예들이 설탕을 만들고 난 부산물인 당밀이 알코올로 발효되는 걸 발견했고, 여기에 증류 기술이 보태지면서 럼이 만들어졌다.

럼은 탄생하자마자 곧 북아메리카에서 폭발적 인기를 누리기 시작해 1660년대 스테이튼섬과 보스턴, 매사추세츠 등지에 럼 증류소가 들어섰다. 마침 유럽에서 설탕 수요가 늘고 있는 마당에 럼의 수요까지 급증하자 카리브해 연안 섬의 사탕수수 경작을 늘리기 위해, 북미의 럼주를 주고 아프리카에서 노예들을 사서 카리브해로 데려가 사탕수수를 경작하게 하고, 여기서 생긴 당밀을 미국의 증류소로 가져다주고 다시 거기서 럼을 받아 노예를 사오는 삼각무역이 번성했다.

럼을 두고 '킬 데블(워낙 독해서 악마까지 죽인다는 의미)', '해적의 술' 등의 별칭 외에 '넬슨 제독의 피'라고도 부른다. 이는 영국의 넬슨 제독이 트라팔가르 해전에서 전사하자 그 시체를 썩지 않게 하려고 럼 통에 넣어 본국으로 이송했는데, 선원들이 술통에 구멍을 내 술을 빼먹는 바람에 본국에 와서 술통을 열어보니 술이 하나도 없어졌다는 데서 유래했다. 그러나 그 통엔 럼 아닌 브랜디가 들어 있었다는 설이 있는 등, 신빙성이 그리 높지는 않다.

가고 싶은데 못 가본 데가 있다면 테킬라를 마셔라. 죽기 전에.

관능을 마시면
사고도 능동적으로 친다

테킬라와 〈노킹 온 헤븐스 도어〉

독주를 뜻하는 영어 '스피릿(spirit)'은 알코올 도수 35도 이상에 설탕을 첨가하지 않은 증류주로 여기엔 위스키, 럼, 진, 보드카, 테킬라, 브랜디, 고량주가 다 포함된다. 그럼 이 가운데 그냥 스트레이트로 먹기에 가장 맛있는 술은 뭘까. 취향 따라 다르겠지만, 그래도 맛으로만 친다면 테킬라 아닐까.

마시기 전에는 도무지 음식에서 날 것 같지 않은 이상한 풀 냄새, 기름 냄새 같은 게 술과 나 사이에서 겉도는 것 같다. 그런데 그게 목구멍을 넘어간 뒤에 남기는 진득한 잔향이 희한하게도 몸에 딱 달라붙는다. 여느 스피릿보다도 목 넘길 때의 식감이 걸쭉하고, 마치 점착력이라도 있는 듯 이내 다음 잔을 부른다. 생선으로 끓인 국에 비유하자면, 스피릿 가운데 보드카가 '지리'라면 테킬라는 '탕'이다. 취기가 전해지는 속도도 빠르다.

오래전에 집에서 형과 함께 〈노킹 온 헤븐스 도어〉(토머스 얀 감독, 1997년)라는 독일영화를 비디오점에서 빌려 봤다. 20대 후반쯤 돼 보이는 젊은 남자 둘이 한 병실에 입원하게 됐다.

한 남자가 말한다.

"내 머릿속에 주먹만 한 종양이 있대. 며칠 못 산대."

다른 남자가 말한다.

"나는 골수암 말기래."

짠하다. 병실 벽에 걸려 있던 십자가도 짠했는지 갑자기 냉장고 위로 툭 떨어지고, 냉장고 문이 열린다. 그 안에 선물처럼 술병이 하나 들어 있다. 테킬라가!

둘은 술병을 들고 병원 구내식당으로 간다. 식당 냉장고를 뒤져 레몬과 소금을 찾아낸다. 테킬라를 마신다. 이때 형과 나는 비디오를 중지시켰다. 아쉽게도 집엔 테킬라와 레몬이 없었다. 대신 소주와 귤과 소금을 가져와선 텔레비전 앞에 놓고 다시 비디오를 틀었다.

영화 속 남자들의 대화.

"난 아직 바다를 보지 못했는데."

"바다를 못 봤다고? 천국에서는 사람들이 허구한 날 바다로 해가
지는 광경만 얘기한대. 그때 넌 어떻게 대화에 낄래?"

시한부 삶의 운명에 좌절한 젊은이들로 하여금 바다의 석양을 찾아나서게 만든 술, 테킬라. 테킬라의 이런 관능은 어디서 오는 걸까.

그러면서 테킬라 한 병이 비워진다. 둘은 병원복 차림으로 병원 주차장에서 남의 차를 훔쳐 타고 바다를 향해 출발한다. 테킬라와 레몬 대신 소주와 귤을 마신 형과 나는 아무 데로도 출발하지 못하고 영화 끝난 뒤에 그냥 잤다.

테킬라는 위험하다. 모든 술이 많이 마시면 안 좋고 더 안 좋으면 사고 치게도 만들지만, 테킬라가 주는 취기는 꼬장이나 객기와 조금 달리 뭔가를 능동적으로 하고 싶게 만든다. 누군가가 그랬다. 창조에 수반되는 게 기쁨이고, 쾌락은 소비할 때 생기며, 이 둘이 섞인 게 관능이라고. 바로 그런 의미에서 테킬라는 관능적이다. 시한부 삶의 운명에 좌절한 젊은이들로 하여금 바다의 석양을 찾아 나서게 만들 술로, 테킬라 만한 게 또 있을까.

테킬라의 이런 관능은 어디서 오는 걸까. 위스키나 브랜디에 비해 테킬라는 증류한 뒤 오크통에서 숙성시키는 기간이 길지 않다. 멕시코 정부의 테킬라 분류 기준에서 최상품인 '엑스트라 아네호'의 숙성 기간이 3년이다. 대부분은 증류 뒤 바로 마시거나(블랑코), 두 달 숙성시키거나(레포사도), 1년 숙성시킨다(아네호). 그러나 위스키나 브랜디의 원료인 곡물이나 과일이 1년마다 열리는 것과 달리, 테킬라는 원료가 되는 식물 아가베(용설란)를 8~12년 동안 땅에서 키운 뒤 만든다. 아즈텍 문명을 낳은 멕시코 중앙고원의 뜨거운 햇빛 아래서 원료 자체가 긴 세월 동안 숙성되는 셈이다.

테킬라는 또 아즈텍과 서구, 두 문명의 결합으로 탄생한 400년 역사의 유서 깊은 술이기도 하다. 충분히 키운 용설란, 아가베의 잎을 잘라내고 남은 지름 70~90센티미터의 파인애플 같이 생긴 몸통을 찌고 그 과정에서 생긴 당분으로 발효시킨 뒤 증류한 게 테킬라인데, 증류하기 전 상태의 막걸리처럼 걸쭉한 술을 '풀케'라고 부른다. 이걸 16세기 이전에 아즈텍인들이 마셨다고 한다. 16세기 중반 스페인이 이곳을 점령한 뒤 그들의 증류 기술을 동원해 풀케를 증류하기 시작했고, 1600년을 전후해 테킬라를 만드는 공장이 생겼다고 한다.

영화로 돌아오면, 이제 중요한 건 두 주인공이 바다로 가느냐 가지 못하느냐이다. 출발하고 보니 돈이 없다. 마침 훔친 차(하늘색 벤츠)가 조폭의 차여서 그 안에 권총이 있었다. 은행을 턴다. 경찰이 쫓아오고 도망가면서 보니 차 트렁크 안에 수억 원이 든 돈 가방이 있었다. 그러니 조폭까지 쫓아오지만, 주인공들에겐 또 다른 숙제가 생겼다. 죽기 전까지 그 큰돈을 쓰는 것.

이런 구도는 틀을 짜놓고 상황과 설정을 맞춰가는 기획영화에 가까운데, 중간 중간에 짠한 대목이 있다. 돈 가방을 발견한 뒤 둘은 각자 가장 하고 싶은 것을 적는데 한 명의 것이 이렇다. 엘비스 프레슬리의 광팬이었던 어머니에게 엘비스가 타던 분홍색 캐딜락을 사주는 것. 멀쩡할 때 이런 떼돈이 생겼더라도 어머니를 맨 먼저 떠올릴까. 갑자기 등장한 '어머니'라는 말은, 주인공이 곧 죽을 운명임을 다시 한 번, 좀 더 실감나게 떠올리게끔 만든다.

많이 웃기는 대목도 있다. 주인공을 추격하는 조폭 두 명의 대화.

"의사가 살펴보니 환자의 고환이 이상한 거야. 하나는 나무이고 하나는 쇠야. 그래서 물었지. 자식이 있냐고. 그랬더니 환자 왈, 둘 있습니다. 하나는 피노키오이고 하나는 터미네이터입니다."

"그게 끝이야?"

"뭐가 더 필요한데? 안 웃겨?"

"피노키오가 누군데?"

우여곡절 끝에 두 주인공은 바닷가에 도착해 다시 테킬라를 마신다. 여기서 테킬라는 큰 의미가 없어 보인다. 그냥 술일 뿐이고, 둘의 술 마시는 행위도 하나의 제의처럼 보인다. 이들이 거기서 삶이 남아 있는 동안 해야 할 뭔가 또 다른 목표를 찾게 될까. 영화는 답 없이 착잡하게 끝난다.

"그게 끝이야?"

"뭐가 더 필요한데?"

테킬라에 대해 사람들이 궁금해하는 것 한 가지. 바로 벌레다. 아가베 뿌리에 사는 '구사노'라는 벌레를 훈연해서 넣는데, 수년 전부터 테킬라 제조에 관한 규정은 테킬라에 벌레를 넣지 못하도록 하고 있다. 그런데 벌레가 들어가는 술이 있다. '메즈칼(mezcal)'이라는 멕시코 술이다. 메즈칼은 현지 말로 아가베를 뜻한다. 아가베, 즉 용설란으로 만든 술을 통칭해서 메즈칼이라고 부르며, 그 가운데 테킬라라는 마을이 속해 있는 멕시코 할리스코주에서 아가베의 여러 종류 가운데 '블루아가베'로 만든 메즈칼을 테킬라라고 부른다. 브랜디 가운데 코냐크 지방에서 나는 것만 코냑이라고 부르는데, 그게 더 유명해져서 코냑이라는 말이 브랜디를 대체하고 있는 것과 같다.

그런데 기사들을 보면, 테킬라는 대량생산되면서 첨가물도 많이 들어가는 데 반해, 메즈칼은 전통에 따라 수공업으로 소량씩 제조돼 테킬라보다 품질도 더 낫다고 한다(규정에 따른 아가베 원액 함량도 테킬라는 51퍼센트 이상임에 반해 메즈칼은 80퍼센트 이상이다). 메즈칼에 벌레를 넣으면 향기가 풍부해진다는 설도 있고, 그냥 상술에 불과하다는 설도 있다.

테킬라에는 100% 블루아가베(용설란)로 만든 것과, 블루아가베 51% 이상에 설탕, 캐러멜 색소, 오크통 향을 내는 글리세린 향료 등을 첨가해 만든 '테킬라 믹스토'(영어로 믹스트)가 있다. 멕시코 정부는 테킬라 믹스토의 수출을 불허해오다가 2006년 2월부터 허용하기 시작했다. 100% 블루아가베로만 만든 테킬라엔 'Tequila 100% de agave', 혹은 'Tequila 100% puro de agave'라고 표기가 되어 있다. 테킬라 믹스토에는 테킬라라고만 쓰여 있다. 한국에서 파는 테킬라 중에 테킬라 믹스토가 무척 많다. 돈을 좀 더 주더라도 좋은 테킬라를 마시려거든 '100% 아가베' 표시를 반드시 확인할 것(www.tequila.net 참고).

테킬라 실버, 블랑코, 화이트, 플라타

증류한 뒤 숙성시키지 않고 바로 병입한 것을 말한다. 단 증류 뒤 2개월까지 숙성시키는 경우도 있다.

테킬라 골드, 호벤, 오로

테킬라 골드는 대개가 테킬라 믹스토이다. 병입 전에 색과 향을 첨가한 것으로 값이 싸고 칵테일용으로 많이 쓰인다.

단, 예외로 테킬라 실버와 레포사도, 또는 아녜호를 블렌딩해 만들어 골드, 혹은 호벤이라고 이름 붙인 경우가 있다. 이 경우엔 '100% 아가베 테킬라'라는 표기가 별도로 붙는다.

테킬라 레포사도

2개월 이상 11개월 이하로 숙성시킨 것. 버번위스키, 와인 등을 담았던 오크통에서 숙성시켜 아가베와 참나무 향이 어우러진다.

테킬라 아네호, 에이지드, 엑스트라 에이지드

1년 이상 숙성시킨 것으로, 멕시코 정부는 600L 이하 통에서 숙성시키도록 정해놓고 있다. 암갈색으로 향이 부드럽고 풍부하다.

테킬라 엑스트라 아네호, 울트라 에이지드

아네호 가운데서도 숙성을 오래 시켜 값이 비싼 테킬라가 울트라 프리미엄, 슈퍼 프리미엄 등으로 불려왔는데, 2000년대 들어 판매량이 급증하자 멕시코 정부는 2006년에 '엑스트라 아네호'라는 분류항을 새로 추가했다. 숙성기간 3년 이상으로, 아네호와 마찬가지로 600L 이하 통에서 숙성시키도록 하고 있다. 향이 깊고 풍부하며 마호가니 색을 띤다.

지옥을 향해 내던지는 진짜 폭탄주

타오르는 햇빛으로
빛어내다

백주와 〈붉은 수수밭〉

이번엔 중국술이다. 5,000여 가지에 이른다는 중국술은 제조 방법에 따라 백주(증류주), 황주(발효주), 혼성주(식물이나 과일을 첨가한, 우리로 치면 약주)로 나뉘는데 대표 주자는 역시 백주(白酒, 바이지우)이다. 백주는 위스키, 럼, 테킬라 등과 같이 스피릿의 하나로 분류되지만 실제로는 다른 스피릿들을 다 모아놓은 집합에 버금갈 만큼 그 구성이 풍부하고 다양하다.

명칭부터 정리하자. 한국에선 고량주, 배갈, 백주가 어떨 때는 같은 말로, 어떨 때는 다른 말로 쓰인다. 먼저 배갈(白干, 바이갈)은 백주와 같은 말이다. 샤오지우(燒酒)라고 불리기도 한다. 고량주는 좀 복잡한데, 광의로는 대다수 백주가 고량(중국 수수)을 주원료로 하기

125

때문에 중국에서도 고량주(高粱酒, 가오량지우)가 백주와 동의어로 쓰였던 모양이다. 하지만 백주 중에는 싼화주(三花酒)처럼 쌀을 주원료로 한 술도 있다. 그래서 사회주의 중국이 들어서서 술을 관리하기 시작하면서 '샤오지우', '가오량지우' 등의 이름을 '백주'로 통일했다.

그럼 협의의 고량주는? 인터넷 백과사전 위키피디아는 고량주를 백주의 한 종류로 분류하면서, 고량주가 명나라 때 천진에서 만들어졌고 지금은 대만이 주생산지가 됐다고 적고 있다. 한국에서도 대만의 금문고량주, 중국 본토의 천진고량주, 연태고량 등이 수입돼 팔리고 있다. 금문고량주는 이름난 술로 값도 비싸지만, 중국에서 내세우는 백주의 명단이나 백주의 상표별 시장점유율 리스트에서 '고량주'라는 말이 붙은 술은 보이지 않는다. (협의의) 고량주를 백주의 대표 선수 가운데 하나로 꼽기는 쉽지 않은 듯하다.

장이모 감독의 데뷔작 〈붉은 수수밭〉(1987년)은 1930년대 중국 산둥성에서 고량주를 만들던 사람들의 이야기이다. 열여덟 살 처녀(공리)가 늙은 양조장 주인의 아내로 팔려간다. 양조장 주인은 문둥병 환자이기까지 하다. 가마에 실려 시집가던 날, 젊고 건장한 가마꾼 한 명(장웬)과 눈이 마주친다. 며칠 뒤 친정에 갔다가 돌아오는 길에, 수수밭에 숨어 기다리던 그 가마꾼과 만난다. 정사를 나누고 집에 와 보니 남편이 살해됐다(아마도 그 가마꾼의 소행이었을 것이라는, 제3자의 내레이션이 나온다).

〈붉은 수수밭〉은 술을 자못 진지하게 다룬다. 술을 빚는 노동 과정과 주신에 대한 제사 그리고 삶의 무기로 술을 보여준다.

정사를 나눴지만 여주인공이 가마꾼을 받아들이는 건 또 다른 문제다. 아직 그 남자를 잘 모르고, 죽은 남편에 대한 죄책감도 있을 것이다. 고량주가 매개가 된다. 여주인공이 양조장 주인이 된 뒤 첫 고량주를 증류해 술통에 담고 일꾼들과 함께 주신에게 제사를 올리는데, 가마꾼이 찾아온다. 술통에 오줌을 누고 쪄놓은 수수를 삽으로 퍼낸다. 그 일련의 동작을 보며 여주인공은 매료된 듯 넋이 나간다.

가마꾼이 그녀를 둘러메고 안방으로 들어간다. 관능적이라고 하기엔 너무 동물적인 이 장면은 어찌 보면 익살스럽고 귀엽기도 하다. 둘은 그렇게 부부가 되고, 가마꾼의 오줌이 들어간 술이 명주가 돼 양조장도 번성한다.

그런데 이들이 만든 술이 광의의 고량주인지, 협의의 고량주인지는 분명하지 않다. 그날 만든 술에 여주인공이 붙이는 이름은 '18리홍'이다. 어쨌거나 중국 정부의 분류에 따르면 백주인 것은 틀림없으니 백주로 이야기를 이어가자. 백주는 증류해서 나온 술이 하얗고 투명해서 붙은 이름이다. 증류주 제조 기술이 중국에 퍼진 게 12세기 남송 때 전후로 추정되니 백주의 역사는 천 년을 눈앞에 두고 있는 셈이다.

중국 정부가 백주라는 명칭을 관리하면서 요구하는 요건은 다음의 여섯 가지이다. 증자(蒸煮, 끓이기), 당화, 진양(陳釀, 산소 없는 상태에서 누룩이 곡물을 주정으로 변화시키는 것), 발효, 증류, 구태(勾兌, 서로 다른 도가에서 나온, 도수와 함량 등이 다른 술을 섞어 불순물을 제거하고 일정한 맛이 나도록 하는 기술).

이런 것들은 절차에 불과하다. 어떤 곡물을 주원료로 하느냐, 어떤 누룩을 쓰느냐, 어디에 담아 보관하느냐 등등에 따라 마오타이주(茅台酒), 우량예(五粮液), 펀주(汾酒), 다취주(大曲酒) 등 수많은 백주들이 오랫동안 풍성한 술맛의 세계를 펼쳐보이고 있다. 그러다 보니 세상

등지고 술에서 시와 인생을 구했던 기인들도 많아, 어떤 이는 술 마시기 위해 관직을 버렸고, 어떤 이는 죽어서 술 항아리가 되기를 원했다고도 했다.

하지만 이 영화는 술을 자못 진지하게 다룬다. 술을 빚는 노동 과정과, 주신에 대한 제사가 나올 뿐, 진탕 술 마시는 장면은 없다. 나아가 술은 투쟁의 무기가 된다. 여주인공과 가마꾼이 부부가 된 뒤, 바로 9년 뒤로 건너뛰어 일본군의 침략과 마주한다. 일본군은 마을 사람들을 모아놓고 일본군에 저항한 이들을 붙잡아 산 채로 껍질을 벗긴다. 그렇게 끔찍하게 죽어간 이가, 여주인공의 양조장에서 함께 일했던 사람이다.

주인공 부부와 양조장 일꾼들은 망설임 없이 복수에 나선다. 술독을 묶어서 폭탄을 만들어(말 그대로 폭탄주이다) 일본군 트럭을 공격한다. 가마꾼과 그 아들만 빼고 다 죽는다. 확실히 이 영화엔 단절이 있다. 원시공동체처럼 사는 행복한 마을에, 더없이 적대적인 외부 세력이 침입해온다. 그러자마자 두 집단은 그대로 충돌해 터져버린다. 그리고 끝이다. 이렇게 말하는 것 같다. 이건 비극이 아니라 지옥이라고. 그런 얘기에 미학이 작동할 여지가 있는지 잘 모르겠지만, 여하튼 이 영화에서 단절되지 않는 게 있다. 붉은색이다.

영화에 나오는 고량주는 투명하지 않고 붉다. 이 붉은빛은 수수밭에 널브러진 시체 사이에 흐르는 피로 이어지더니, 마지막 장면에서

중국의 수수밭

개기일식 직후에 땅 위를 온통 붉게 뒤덮는 태양빛으로 연결된다.

　이 붉은색의 미학적 따짐은 논외로 하고, 궁금해지는 게 있다. 붉은 고량주가 있나? 내가 전에 일하던 신문사 동료, 이상수라는 이가 베이징 특파원을 지낼 때, 그게 궁금했단다. 영화의 흥행에 힘입어 중국에서 새로 나온 '홍고량'이라는 술이 있는데 그 술도 그냥 투명했다는 것이다. 그래서 중국 인민문학출판사 주간을 만났을 때 "정말 붉은 고량주가 있는지 모옌(영화의 원작 소설의 작가)에게 물어보려고 한다"고 말했더니, 그 주간은 "물어볼 필요 없다, (그런 술) 없다."고 장담했다고 한다. 장식미를 탐하는 장이모 감독의 '뻥'은 역사가 깊다.

'뼁' 얘기가 나온 김에 하나 더. 앞에 말한 술 취한 기인들의 얘기가 『중국의 술문화』(허만즈, 에디터, 2004년)라는 책에 가득한데, 그중의 하나. 소동파가 말했단다.

"문장은 본래 하늘이 이룬 것이지만, 술을 마심으로써 그것을 얻는다."

문장이 꼬인다?! 백주를 마셔야겠다.

백 년의 누명 속에 사라져버린 '그린 아워(압생트 마시는 시간)'

우아하고 하늘하늘한 예술가의 자존심

압생트와 〈토탈 이클립스〉

미국의 금주령처럼 술의 역사에 분기점을 이루는 사건 가운데 하나가, 19세기 중후반 포도나무 해충의 만연이었다. '필록세라'라는 이 조그만 벌레는 1860년대에 북미에서 유럽으로 들어와선 이후 20~30년 동안 유럽 곳곳의 포도 농장을 황폐화시켰다. 와인은 물론, 와인을 증류해 만든 브랜디까지 생산량이 급감했다. 자생력이 더 강한 새로운 품종으로 포도 농장이 바뀌기까지 그 몇십 년 동안에 술의 판도 변화가 일어났다.

우선 세계적으로 영국의 스카치위스키가 브랜디를 누르고 '스피릿(독주)의 제왕'으로 군림하게 됐다. 다음으로 유럽 안, 특히 와인의 종주국이다시피 한 프랑스에서 '압생트(absinthe)'가 폭발적인 인기를 얻기 시작했다. 압생트는 한 번 증류한 알코올에, 쑥의 한 종류인 웜우드와 아니스, 펜넬 등의 허브를 담근 뒤 한 번 더 증류해 만든 스피릿이다. 알코올 도수가 50~75도로 독한 탓에 통상 압생트를 따른 잔 위에 압생트용 스푼을 놓고 설탕을 얹은 뒤, 그 위에 찬물을 따라 설탕 녹인 물로 희석시켜 마신다.

17세기 말부터 18세기 초 사이에 만들어진 압생트는 프랑스군에 말라리아 약으로 보급됐다가 시중에서도 팔리기 시작해, 1860년대엔 술집들이 이 술을 팔기 시작하는 오후 다섯 시를 가리키는 말로 '그린 아워'(압생트 색이 녹색임)라는 표현이 나올 정도였다. 이후 와인과 브랜디는 생산 감소로 값이 비싸진 반면, 압생트 가격은 1880년대부터 대량생산에 힘입어 크게 떨어졌다.

이것만으로도 불난 데 기름 붓는 격이었는데, 거기에 더해 마침 세기말이 다가오고 있었다. 가능한 모든 영역에서 인간 이성의 우위를 확보했는데도 세상은 여전히 모순 덩어리이고, 저 천박한 부르주아지들에게 세상을 맡겨도 되는 건지 불안하기만 하고, 다가오는 새 세기에 희망이 있기는 한 건지 막막하던 그때, 파리의 시인, 소설가, 화가 들은 저마다 압생트를 찾았다.

요절한 시인 랭보(1854~1891년)도 그중 하나였다. 랭보와 또 다른 시인 폴 베를렌(1844~1896년)과의 실제 사랑을 다룬 〈토탈 이클립스〉(아그니에슈 홀란트 감독, 1995년)는 베를렌이 랭보의 누이동생을 만나 압생트를 시켜 마시는 장면에서 시작해, 누이동생이 가고 혼자 남아 압생트를 더 시켜 마시는 장면에서 끝난다. 물론 베를렌과 랭보 누이의 만남은, 랭보가 죽은 뒤의 일이다. 첫 장면과 마지막 장면 사이는 회상으로 채워진다.

열여섯 살의 어린 랭보(리어나도 디캐프리오)가 자기의 시를 이해해줄 사람으로 베를렌을 찍어, 그에게 시를 보낸다. 랭보의 시에서 재능을 알아챈 베를렌은 파리로 랭보를 초청하고, 만나자마자 바로 사랑에 빠진다. 자유분방하던 파리라고 하지만, 베를렌은 유부남이었고, 또 유럽 곳곳에서 남자들 간의 동성애를 법으로 금지하고 있던 때였다. 랭보와 베를렌의 사랑은, 베를렌 부인과 처가 식구들의 방해 공작으로 인해 수시로 곤경에 처한다. 양성애자에 성격까지 우유부단한 베를렌의 나약한 태도도 랭보에게 상처를 준다.

둘의 사랑을 다루는 영화의 붓질은 그리 섬세하지 못하다. 둘이 만나고, 다투고, 헤어졌다가 재회하고, 다시 상처 주고 하는 일들이 의외로 평범해 보인다. 예술가 간의 사랑을 다룬 영화라고 할 때, 쉽게 예상되는 범위를 넘어서지 못하는 것 같다. 물론 둘의 성격 차이는 나타난다. 베를렌이 세속적 쾌락을 수동적으로 추종하는 반면, 랭보는 그걸 선명하게 재단하고 결과를 실천한다. 끝없이 자기 확장을 꾀하며 본질을 향해 가는 랭보 역의 디캐프리오도 갈수록 아름다워 보이고, 영화는 디캐프리오를 위한, 디캐프리오의 영화가 돼 간다.

압생트를 소재로 한 그림들. 왼쪽 위부터 시계 방향으로 〈압생트 잔과 물병〉(고흐, 1887년), 〈녹색뮤즈〉(알베르 메냥, 1895년), 〈압생트〉(드가, 1876년), 〈압생트 마시는 사람〉(마네, 1858년)

어쩌면 랭보라는 인물이나, 랭보와 베를렌과의 만남, 그 시대의 파리라는 공간 등등 이 영화와 관계된 것들에 너무 많은 장식들이 덧씌워져 있기 때문인지도 모른다. 그래서 영화가 정면 돌파하기에는 버거울지 모른다. 영화에 나오는 술, 압생트도 마찬가지이다. 그 이름에 들러붙어 있는 장식들, 이미지들이 좀 많은가. 우선 애호가들의 이름부터 대보자. 랭보, 보들레르, 반 고흐, 모딜리아니, 로트레크, 헤밍웨이, 오스카 와일드…. 하나같이 다 수사가 되다시피 한 이름들이다. 그들은 왜 압생트를 마셨을까.

유감스럽게도 나는 압생트를 마신 경험이 두세 번에 그치기 때문에 잘 모르지만, 외국의 애호가들은 이렇게 말한다. 압생트를 마시면 걸음이 흔들리고 말투가 달라지는 등 육체적으로 분명히 취해 있는데도, 거짓말처럼 정신이 명징해지는 순간이 찾아온다는 것이다. 환각제 복용 때와 비슷한 이런 효과 때문에 예술가들이 이 술을 찾았을 수 있지만, 반대로 금주운동가들과 보수주의자들, 그리고 (압생트의 경쟁품이 된) 와인 제조자들에게는 표적이 됐다.

19세기 말 한 정신과 의사가 압생트에 들어 있는 투존이라는 성분이 환각을 불러오고 간질을 일으킨다는 연구 결과를 발표하더니, 1905년 스위스에서 한 남자가 압생트를 마신 뒤 가족을 죽이고 자살한 사건이 터졌다. 원래 알코올 중독자였고, 그날 아침엔 평소보다 많이 마셨던 것인데도 모든 죄는 압생트에게 돌아갔다. 1906년 벨기

두 주인공이 푸른 빛이 도는 압생트를 앞에 두고 앉았다.

에, 1907년 스위스, 1909년 네덜란드, 1912년 미국, 1915년 프랑스 순으로 압생트 판매가 금지됐다. 압생트가 누명을 벗기까지는 시간이 오래 걸렸다.

1970년대 이후에 투존이 정신에 영향을 끼치지 않거나 혹은 그 정도가 매우 미미하며, 압생트에 포함된 투존의 양도 극소량이라는 연구 결과들이 잇따라 나왔다. 1980년대 말 유럽연합이 투존 함유량 허용치 범위 안에서 압생트 제조, 판매를 허용했고 2000년 이후에 비로소 프랑스, 스위스, 네덜란드 등 유럽 국가들에서(미국은 2007년 이후부터) 압생트가 다시 팔리기 시작했다.

『알코올과 예술가』(알렉상드르 라크루아, 마음산책, 2002년)라는 책에 따르면 랭보가 파리에서 압생트를 처음 맛본 뒤 시골 친구에게 보낸 편지에서, 압생트가 주는 취기야말로 "가장 우아하고 하늘하늘한 옷"이라고 표현했다고 한다. 책의 저자 라크루아는 그 표현을 두고 이렇게 설명한다. 19세기 들어 부르주아지가 귀족을 대체한 뒤, 예술가들은 부르주아지들과 어울려 시류에 영합하며 돈벌이를 하거나, 아니면 가난 속에 고립되거나 둘 중 하나를 택해야 했다. 이런 '상징적 지위 실추'의 상황에 직면해 보들레르 이하 일군의 예술가들은 일부러 자기 외모나 행동을 차별화했고, 술에 취해 사는 건 그 한 방법이었다는 것이다.

그래서 랭보는 압생트를, 외모로 차별성을 알리는 한 방식인 '옷'에 비유했다는 것이다. 쉽게 말하면 술, 혹은 술에 취해 사는 건 그 당시 예술가로서의 자존심을 지키는 일이었다는 뜻일 거다. 그렇다면 예술이 가장 많은 도발과 실험을 일삼던 그 시대에 압생트는, 예술가의 '가장 우아하고 하늘하늘한' 자존심이었다는 말이 된다. 금기가 되기에 충분하지 않은가.

CALVADOS

APPELLATION CALVADOS CONTRÔLÉE

70cle   40%vol.

코냑과는 또 다른, 프랑스의 내셔널 스피릿

자유를 향한
열망의 술

칼바도스와 〈개선문〉

외국 술의 수입이 오랫동안 금지된 시대를 살아온 한국의 기성세대 가운데 칼바도스라는 술의 이름을 들어본 이의 80퍼센트는 레마르크의 소설 『개선문』을 통해서였을 거다. 나도 그랬다. 전쟁을 앞둔 1930년대 말 파리로 몰려든 망명자와 난민들, 불법체류자로 언제 추방될지 모르는 운명의 주인공, 사랑의 불모지에서 싹튼 불안한 연정…. 기실 『개선문』은 서사보다 분위기로 읽혔다. 아무것도 하지 못하는 이의 수동적인 사랑 이야기인데, 그 핑계가 폭압으로 얼룩진 시대에 있었으니 내가 대학 다니던 1980년대 초에 이 소설에 공감하지 않기도 힘들었다. 황량한 시대를 살아가는 이의 황량한 내면. 그런데 그 보잘것없는 풍경을 들여다보면서 여러 번 침을 꿀꺽 삼키게 한 게 있었다. 소설만큼, 어쩌면 소설보다 더 기억에 남은 그 술.

프랑스에선 브랜디 같은 증류주를 크게 '오드비' 즉 '생명의 물'이라고 한다. 『개선문』에서 칼바도스가 꼭 '생명의 물'처럼 느껴졌다. 독일에서 나치의 전횡에 반대하다가 파리로 도망쳐온 의사 라비크는 무허가 시술을 하며 밤을 낮처럼, 낮을 밤처럼 산다. 경찰과 마주칠 일이 생기면 무조건 피해야 한다. 이런저런 사연을 가진 환자들, 그 사연마다에 얽힌 파시즘의 잔혹함과 개인의 무기력함을 마주하면서 라비크에게 쌓이는 건 회의와 냉소, 이따금씩 치솟는 울분뿐이다. 그에게 생명을 주는 건, 그가 연정을 품었던 여인 조앙 마두가 아니다. 속 넓은 러시아인 술친구도 아니다. 라비크가 카페에 혼자 앉아 한 모금 삼키면, 메말라가는 그의 정서에 그나마 상상력과 이해심을 불어넣어주던 그 술. 자유를 향한 열망이 담긴 '생명의 물'.

최근 영화 『개선문』(루이스 마일스톤 감독, 1948년)의 디브이디를 어렵게 구해서 봤다. 라비크(샤를 부아예)가 비 오는 날 파리의 밤길을 걷다가 비를 쫄딱 맞으며 강변에 우두커니 서 있는 조앙 마두(잉그리드 버그먼)와 마주친다. 조앙을 카페로 데려가서 술을 한잔 권한다. 칼바도스이다. 조앙의 사연인즉, 사귀던 남자가 몇 시간 전에 죽었다는 것이다. 라비크는 넋이 반쯤 나간 조앙을 대신해 이런저런 뒤치다꺼리를 하고 숙소도 새로 구해준다. 며칠 지나 조앙이 기력을 되찾은 뒤, 라비크와 한잔한다. 보드카다. 라비크가 한 잔 더 권하자, 조앙이

라비크와 처음 만났을 때 마셨던 술을 찾는다. 종업원에게 물으니 칼바도스는 없단다. 처음 갔던 카페로 가서 칼바도스를 시킨다. 종업원은 더블 잔 두 잔을 채워 가져다준다. 그걸 마시고 나오면서 둘이 입을 맞춘다. 사랑이 시작된다.

영화 〈개선문〉은 범작이었다. 영화는 당시 파리의 암울한 분위기를, 누아르 영화 스타일의 화면으로 전한다. 어둡게 찍고, 인물을 화면 중앙 위에 배치해 하늘이나 천장이 좀처럼 나오지 않게 한다. 이게 잘 안 어울린다. 다같이 어둡다 해도, 부르주아들의 탐욕과 치정이 얽히는 누아르의 배경과, 파시즘의 명백한 불의가 코앞에 닥친 당시 파리가 같을 수 없다. 그곳 파리엔 냉기와 온기, 절망과 희망이 모두 존재해야 했다. 그런데 영화엔 모두가 부재하다. 영화 속의 시대와 사랑엔 안타까움, 회의, 연민 따위가 존재할 공간이 부족해 보인다. 라비크가 경찰을 피해 수개월 스위스로 가 있는 동안 조앙에게 새 남자가 생기고, 라비크가 돌아왔을 때 두 남자 사이에서 갈등하다가 비극을 맞는 조앙의 사연이 건조하게 다가온다. 다행인 건, 조앙 역의 잉그리드 버그먼의 촉촉한 눈매가 부족한 물기를 채우고 있다는 점이다.

칼바도스도 그렇다. 소설에선 노르망디의 화사한 햇볕을 받고 농익은 사과의 당도가 라비크의 독백으로 생생하게 전해졌는데, 영화에서 칼바도스는 남녀를 이어주는 가교의 역할에 그친다. 향과 당도가 안 느껴진다. 영화는 원작보다 사랑 이야기의 비중을 키웠는데,

원래 각색을 〈젊은 사자들〉의 어윈 쇼에게 맡겼으나 사랑 이야기를 키워달라는 감독의 주문에 어윈 쇼가 그만뒀다고 한다.

칼바도스는 과일주를 증류한 술, 브랜디 가운데서도 사과술을 증류한 것이다. 노르망디 해안 지방에서 재배되는 사과로 만드는데(제품에 따라 배를 30퍼센트가량 섞기도 한다), 칼바도스는 이 지역의 명칭이기도 하다. 이곳에서 사과술을 증류한 건 16세기 중반이며, 17세기에 이미 이 지방의 사과 증류주, '오드비 드 시더(cider, 사과술)'를 '칼바도스'로 부르기 시작했다(칼바도스가 지역의 명칭으로 공인된 건 프랑스혁명 뒤이다). '칼바도스'라는 이름의 어원에 대해 인터넷 백과사전 위키피디아는 1588년에 '살바도르'라는 스페인 함선이 노르망디 해안 근처에서 침몰해 이 이름이 생겼다는 설과, 해안 근처에 솟은 두 개의 바위 형상이 사람의 '벌거벗은 뒷모습'(칼바 도사)을 닮았다고 해서 생겼다는 설을 전한다. 아무튼 관능적인 이름이다.

칼바도스는 19세기에 생산량이 증가하다가, 포도 해충이 유럽의 포도밭을 초토화시킨 19세기 후반에 포도 브랜디의 대체재로 폭발적 인기를 누렸다. 1942년부터 프랑스 특산물들을 관리하는 AOC(Appellation d'Origine Contrôlée)의 관리 대상에 포함돼, 칼바도스라는 명칭 아래 생산되는 모든 술이 AOC의 품질 규제를 받는다. AOC의 규정은 모든 칼바도스는 이 지역 사과(와 배)로 만들고, 증류 뒤 2년 이상 숙성시키도록 하고 있다. 칼바도스 가운데서도 '칼바도스 페이도주(Calvados du Pays-d'Auge)'라고 표기된 것은, 그냥 칼바도스가 한 번 증류하는 데 반해 두 번 증류한 술로 맛이 훨씬 풍부하다. '페이도주'라는 명칭의 표기 여부 역시 AOC가 관리한다.

　나는 칼바도스를 수년 전에 한 카페에서 마셔봤는데, 표기가 어떻게 돼 있는지, 또 그 표기를 어떻게 해석해야 하는 건지 전혀 모른 채 마셔서 칼바도스 맛을 제대로 안다고 말하기가 힘들다. 막연한 기억으로 코냑보다 조금 달았던 것 같은데 칼바도스는 AOC의 등급도 다양하고, 제품 수도 수없이 많으니 더 이상 아는 척하는 건 무리다.

　칼바도스는 여러모로 『개선문』이라는 텍스트와 어울린다. 이 소설의 암울한 파리와 유럽에 자유를 가져다준 결정적 계기가 1944년 노르망디 상륙작전이었다. 그걸 알았다는 듯, 라비크는 프랑스가 독일과 전쟁을 시작한 1939년에 절망 속에서 노르망디의 사과로 만든 칼바도스를 마셨다. 칼바도스는 노르망디 상륙작전에 참가했던 캐나다 예비군 보병부대의 공식 술이기도 하다. 1789년 프랑스혁명으로 명칭이 공식화되고 150여 년 뒤 반파시즘 연합군의 편에 서서 승리를 함께했던, 자유를 향한 열망의 술!

코냑은 과일 증류주인 브랜디 가운데서도 프랑스 코냐크 지방에서 나오는 브랜디를 일컫는다. 코냑이 술의 역사에서 한동안 '술의 제왕' 노릇을 하게 된 걸 두고 크게 두 가지 이유를 꼽는다.

하나는, 원래 코냐크 지방에서 나오는 포도는 신맛이 강해 와인으로 만들면 맛이 없었는데, 이걸 증류하니까 다른 지방 포도주를 증류한 것과는 비교가 안 되는 탁월한 맛이 나왔다는 것이다. 또 하나, 17세기 중반 프랑스 재무상 콜베르가 해군기지를 건설하면서 배를 만들 목재를 비축하기 위해 코냐크 동부 리무쟁 지방에 오크나무 숲을 조성했고, 이 숲이 술 저장용 오크통의 보고가 되면서 코냑의 대량 생산에 기여했다는 것이다.

프랑스 정부는 300년 동안 나름의 요건을 정해놓고 코냑 명칭 사용을 통제해왔다. 그 요건은 우선 90% 이상을 위니블랑(Ugni Blanc), 폴블랑슈(Folle Blanche), 콜롬바드(Colombard) 세 종류의 포도로 만들어야 하며(품종 기준엔 약간의 변화가 있었다), 두 번 증류해야 하고, 오크통에서 2년 이상 숙성시켜야 한다는 것이다. 이걸 충족하는 코냑에 대한 더 자세한 등급 구분 기준은 다음과 같다.

- VS, Very Special, 혹은 ★★★: (병입된 브랜디 원액 중 숙성기간이 가장 짧은 것이) 2년 이상 숙성된 것.

VSOP

- VSOP(Superior, 혹은 Old Pale), Réserve: 4년 이상 숙성된 것.

- XO, 혹은 Extra Old: 6년 이상 숙성시킨 것. 그러나 실제로는 평균 숙성기간이 20년 이상이다.

XO

- Napoléon: 최소 숙성기간은 XO와 같되, 평균 숙성기간은 VSOP와 XO 사이이다.

- Extra: 최소 숙성기간 6년 이상에, 평균 숙성기간이 XO나 Napoléon보다 긴 것.

Napoléon

- Hors d'âge(Beyond Age): 공식적인 숙성 기준은 XO와 같지만 제조업자들이 내놓을 때는 XO보다 훨씬 오래 숙성시킨 최상품을 일컫는다.

Hors d'âge

3장
맥주

고대 이집트와 메소포타미아에서부터 마시기 시작한 맥주는 종류가 다양한 만큼 분류 방법도 다양하다. 가장 보편적인 구분 방법은 발효에 쓰이는 효모의 종류에 따른 것으로, '에일 맥주'와 '라거 맥주'이다. 에일에 사용되는 효모는 고온에서, 라거에 사용되는 효모는 저온에서 발효되며 이에 따라 두 맥주의 맛도 다르다. 원래는 라거 맥주가 생산기간이 더 오래 걸렸으나, 1950년대에 라거 맥주 생산기간을 단축시키는 기술이 개발되면서 전 세계에서 라거 생산량이 급증했다.

1970년대 영국에선 대량생산 맥주에 지친 맥주 애호가들의 입맛을 달래기 위해, 질 좋은 맥주를 소량 생산하는 '마이크로 브루어리' 붐이 일기 시작했다. 이게 미국으로 건너가 '크래프트 브루어리' 붐으로 확장돼 전 세계로 번지기 시작했다. 이 장은 '라거 맥주', '에일 맥주', '크래프트 비어'를 다룬다.

밀러 라이트(라거) ㅣ 기네스(에일) ㅣ 크래프트 비어

ERICAN **BEAUTY**

살 안 찌고 건강에 도움을 준다는 라이트 맥주. 정말 레스터에게 도움이 될까?

취하되
추하지 말라

밀러 라이트(라거)와 〈아메리칸 뷰티〉

남아프리카공화국 출신 소설가 존 쿳시는 한 소설에서 "창녀는 나이 든 남자들로부터 젊은 여자들을 보호하기 위해 존재한다"고 썼다. 중년이 넘은 남자들의 젊은, 혹은 어린 여자에 대한 욕구란 그만큼 대책 없는 걸까. 스탠리 큐브릭 감독의 〈로리타〉(1962년)를 비롯한 여러 영화들이 이 욕구를 중요한 모티브로 삼아왔다. 2000년 아카데미 시상식에서 최우수 작품상, 감독상, 각본상, 남우 주연상, 촬영상 등 알짜 부문 5개상을 석권한 〈아메리칸 뷰티〉(샘 멘디스 감독, 1999년)에도 이 욕망이 중요한 변수로 등장한다.

　중년에 접어든 레스터(케빈 스페이시)가 고등학생 딸의 치어리더 공연을 보러 간다. 오래전부터 딸에게 아버지 대접을 받지 못하고 무시당해온 레스터는 공연을 봐준다고 해서 달라질 게 없을 걸 안다. 하지만 부인(아네트 베닝)이 그래도 가야 한다며 끌고 간다. 레스터는 부인에게도 무시당하긴 마찬가지다. 부인은 성공과 행복을 동일시하는, 나쁘게 말하면 속물 기질이 강한 여자이다. 부인은 레스터를 루저로 여긴 지 오래다. 부인과의 섹스도 오래전에 멈췄다. 레스터는 아침에 샤워하며 자위하고, 회사 나가선 상사에게 시달리고, 저녁에 집에 와선 부인과 딸에게 무시당한다. 아주 안 좋은 중년이다.

젊은, 혹은 어린 여자! 딸과 함께 공연을 하는 딸의 여자 친구가 레스터의 눈에 들어온다. 여고생인데 몸놀림이 요염하고 표정이 조숙하다. 자신을 보고 웃는 것 같다. 착각일 테지만 상관없다. 그 착각에서 에너지가 생기고, 삶의 희망이 싹트려 한다. 괜스레 딸의 여자 친구에게 말을 건다. 딸은 아버지의 속내를 눈치채고 경멸에 가득 찬 눈초리를 보낸다. 집에 놀러온 딸의 여자 친구와 딸의 대화를 엿듣는다. "너네 아버지 섹시해. 운동해서 몸만 조금 만들면 정말 멋있겠는걸."

속없는 놈. 운동하면 아직 고등학생인 애와 뭘 어쩌겠다고? 그런 말이 들릴 리가 없다. 나이 든 남자의 젊은 여자에 대한 욕망은 정말 대책이 없는 건가 보다. 레스터는 열심히 운동하며 몸을 만들기 시작한다. 여기서부터 이야기가 커진다. 레스터는 누구나 조금은 그렇듯 운동을 시작하면서 자신감을 갖기 시작한다. 업무 실적을 가지고 자신을 질책하는 상사에게, 부당하게 심한 잔소리를 하며 남편을 무시하는 아내에게, 전 같으면 그러려니 하고 기죽어 있을 텐데 이제는 당당히 그들의 잘못을 지적하며 맞선다.

여기까지는 문제없다. 레스터의 당당한 모습에 관객도 기운이 나고 통쾌해진다. 누구든 가까운 사람에게, 가족에게 위로받고 살 권리가 조금은 있는 법이다. 돈 좀 덜 벌어온다고, 볼품없이 기죽어 지낸다고, 옆에서 그렇게 갈구면 안 된다. 그럼, 레스터의 여고생을 향한 욕망은 어쩔 건가? 그 욕망이 활기를 되찾아주는 데까지는 좋았지만, 그다음은 어쩔 건가. 예쁜 여자 보고 혹하는 마음이 세상과 마냥 평화롭게 공존할 수만 있다면 얼마나 좋을까. 예쁜 여자 보고 혹하는 마음의 양면성! 이 영화의 주제다. 잠시 미루고, 일단 술로 들어가자.

대다수 루저들이 술을 좋아하듯, 레스터도 맥주를 입에 달고 산다. 전에는 어떤 맥주를 마셨는지 모르겠지만, 딸의 여자 친구를 만난 뒤 그가 운동하며 마시는 맥주는 '밀러 라이트'이다. 밀러는 버드와이저 다음으로 미국에서 많이 팔리는 맥주다. 영화에서 밀러 상표가 보일 때, 처음엔 피피엘(PPL, 영화 소품으로 실제 상품을 등장시키는 광고)이려니 했는데 자세히 보니 그것만이 아니었다. 이 '라이트' 맥주가 뜻하는 건 칼로리가 적다는 의미이다. 그래서 이 맥주는, 운동을 하면서 군살을 빼려는 레스터의 의지를 드러내는 것이기도 하다.

영화에 나오는 맥주병엔 'Lite'라는 철자가 선명하게 보인다. 원래 가볍다는 뜻의 단어 'light'를 명칭에 사용하는 맥주는 '버드 라이트', '쿠어스 라이트' 등 많지만 철자를 'lite'로 표기하는(표기할 수 있는) 맥주는 밀러밖에 없다. 밀러는 1960년대 말 시카고 맥주 회사 '마이스터 브라우'가 개발한 라이트 맥주의 공법과 'lite'라는 표기의 사용권을 사들여 1973년 '밀러 라이트'를 내놓았다. 이와 함께 'Great Taste, Less Filling!(맛 좋고, 덜 배부른!)'이라는 카피와 함께 근육질의 스포츠 스타들을 모델로 내세워 대대적인 광고를 쏟아부었다. '밀러 라이트'를 옆에 놓고 웃통을 벗은 채 아령을 드는 영화 속 레스터의 모습은 이 광고들을 연상시킨다.

'밀러 라이트' 판매량의 급증으로, 1977년에 밀러 맥주 판매량이 두 배로 뛰면서 밀러는 미국의 두 번째 맥주 회사로 자리를 굳혔다. 말 그대로 '밀러 타임'이 시작된 것이다. 'Great Taste, Less Filling!'은 광고잡지 『애드버타이징 에이지』가 선정한 광고 역사상 100대 캠페인 가운데 8위를 기록했다. 밀러는 여기 그치지 않고, 1979년에 일본 삿포로 맥주로부터 살균하지 않고 걸러내는 '드래프트 공법'을 사들여 '밀러 제뉴인 드래프트'를 출시했다. 하지만 '밀러 타임'의 독주는 오래가기 힘들었다.

버드와이저, 미켈롭 등의 브랜드를 가진 미국 최대의 맥주 회사 '앤호이저부시'는 1982년 '버드 라이트'를 출시해 1994년에 밀러 라이트를 제쳤다. 아울러 1987년 일본의 아사히 맥주가 '드라이' 맥주를 개발하자 이 기법을 사들여, '미켈롭 드라이', '버드 드라이'를 잇달아 내놓으며 '밀러 제뉴인 드래프트'를 공략했다. 음식에서 '드라이(dry)'란 '달지 않다'는 뜻이다. 맥주에선 효모가 당분을 알코올과 이산화탄소로 분해하는데, '드라이' 맥주는 이 분해 과정을 충분히 거쳐 맥주에 당분이 남아 있지 않도록 해 단맛을 없앤 것이다.

'라이트'든, '드라이'든 모두 다이어트, 혹은 건강의 이미지와 관련된 것들이다. 맥주 전쟁의 성패가 이 이미지를 얻느냐 못 얻느냐와 직결되기 시작한 지 40년이 넘었다. 한국에서 알코올 도수가 낮은 저도 소주 경쟁이 벌어지는 것과 비슷하다('라이트' 맥주엔 알코올 도수가 낮다는 뜻도 포함돼 있다). 운동하고 살 빼는 데 도움이 되는 술? 여기엔 분명 모순이 있다. 예쁜 여자 보고 혹하는 욕망뿐 아니라, 취하고 싶은 욕망 역시 세상과 평화롭게 공존하기 쉽지 않음을 역설적으로 드러내지 않는가?

영화로 돌아와 〈아메리칸 뷰티〉엔 이런저런 욕망 때문에 세상과 평화롭게 공존하지 못하고 안절부절못하는 이들이 여럿 나온다. 여고생 때문에 안달하는 레스터, 성공을 종교처럼 여기며 성공한 부동산업자와 외도까지 하는 레스터의 부인, 동성애의 욕망을 거꾸로 동성애 혐오로 폭력적으로 드러내는 옆집 남자, 이런 어른들을 보며 자기 욕망의 좌표를 세우지 못하는 청소년들…. 자세히 보면 인물들을 대하는 영화의 태도엔 어딘가 불교적인 데가 있다. 담백하고, '드라이'한데 그 안에 측은지심이 있다.

　세련된 블랙코미디의 틀 안에서, 뭔가 저지를 것만 같은 옆집 남자가 재난 영화 속의 재난과 같은 (스티븐 스필버그 감독의 〈우주전쟁〉에서 외계인이 난데없이 쳐들어와 지구를 쑥대밭으로 만들고 사라지는 것과 같은) 역할을 하면서 긴장감을 끌어올린다. 레스터가 욕망의 부질없음을 어렴풋이나마 깨닫고 마음이 넓어진 건, 난데없는 재난이 집 안을 휩쓸고 간 뒤이다. 불경 같은 전언이 레스터의 독백으로 흐른다. "집착을 버리면 소박하게 살아온 자기 삶이 소중하게 다가온다. 아닐 것 같다고? 살아봐라. 언젠가 어쩔 수 없이 그런 순간을 맞을 거다." 집착을 버리라고? 그게 쉽나? 아! 아메리칸이건, 코리안이건 미인(뷰티)이란!

맥주 칵테일을 하나 소개한다. 맥주에 에스프레소를 타서 마셔보라. 무슨 뜬금없는 소리냐고? 일단 마셔보라.

우선 맥주는 에일보다 라거가 좋다. 커피 향이 센 만큼, 굳이 맥주 자체에 이런저런 향이 많은 에일 맥주를 쓸 이유가 없다. 담백한 맛의 라거 맥주를 잔에 따르되, 조금 부족하게 따른다. 에스프레소는 맥주에 섞기 전에 식힌다. 뜨거운 에스프레소를 맥주에 바로 따르면 거품이 철철 넘쳐흘러 잔에는 맥주건, 커피건 반밖에 안 남게 된다. 맥주를 따른 잔에 식힌 에스프레소를 붓는다. 에스프레소 양은 맥주의 5분의 1 정도로 하되, 취향에 따라 양을 조절하면 된다. 통상 맥주잔 하나에 에스프레소 싱글 3분의 2 정도를 부으면 된다.

누군가는 이걸 이탈리아에서 '카페 콘 비라', 또는 '에스프레소 콘 비라'라고 한단다. '콘 비라'가 영어로 'with beer'. 이 칵테일에선 잘 만든 흑맥주의 맛이 난다. 커피를 할까, 맥주를 할까 애매할 때 이것 한 잔 마시면 딱이다. 구수하고 시원한 맛이 일품이지만 그것만이 아니다. 맥주는 취하게 만드는 반면, 커피는 각성 효과가 있으니 취하는 것 같기도 하고 깨는 것 같기도 한 그 기분이란. 다만, 많이 마시면 심장이 쿵쿵 뛸 수 있으니 조심할 것.

말 그대로, 살아 있는 맥주의 전설

아일랜드의
자긍심과
단결의 상징
기네스(에일)와 〈웨이킹 네드〉

아일랜드의 시골 해변 마을. 인구 52명. 어린이 1명에 젊은이 5, 6명이고 나머지는 모두 노인이다. 대체로 중하층으로 보인다. 이곳을 배경으로 한 〈웨이킹 네드〉(커크 존스 감독, 1998년)는 코미디를 곁들인 잔잔한 드라마이지만, 그 안에 전복적인 면모를 담고 있다. 서유럽에서 세계화의 변방처럼 보이는 아일랜드, 그곳에서도 변방인 외딴 시골 사람들이 그 고립성을 역이용해 주류사회의 도덕과 가치를 조롱한다.

　노인 재키는 이 마을에서 로또 복권 당첨자가 나왔다는 신문 기사를 읽는다. 그럼 당첨자는 52명, 자신과 부인 빼고 50명 중의 하나다. 당첨자를 찾아내 개평 얻을 생각으로 가장 친한 친구 마이클과 함께

재키는 마을에서 복권 당첨자가 나왔다는 신문 기사를 읽고 개평을 얻을 생각으로 탐문 조사에 나선다. 마침 핀이 상담할 일이 있다며 찾아온다. 동네 펍에서 술을 산다.

탐문 조사에 나선다. 돼지 키우는 젊은 친구 핀이 유력해 보인다. 마침 핀이 상담할 일이 있다며 재키를 찾아온다. 동네 펍에서 핀에게 술을 산다. 어떤 술? 여기가 어딘가!

아일랜드를 기네스의 나라라고 부르면 아일랜드 사람들이 기분 나빠할까? 수년 전, 더블린에 출장 갔을 때 길 안내를 하던 아일랜드인 운전사가 한 말. "이 모퉁이에도 펍(술집), 저 모퉁이에도 펍, 여기에도 펍, 저기에도 펍, 더블린은 온통 펍이에요." 아닌 게 아니라 더블린의 길모퉁이마다 펍이 있었고, 그곳에서 대다수가 마시는 맥주는 기네스였다. 기네스 맥주를 만드는 역사 250여 년의 '세인트 제임스 게이트' 양조장과 직원들의 아파트가 모여 있는 '기네스 타운'은, 제임스 조이스(소설가, 1882~1941년)의 유적지에 버금가는 더블린의 관광 명소였다. 기네스는 아일랜드인들의 일상이 된 지 오래인 듯했다.

2009년까지 아일랜드는 체코 다음으로 세계에서 두 번째로 맥주를 많이 마시는 나라였다. 2010년께부터 순위가 떨어졌지만 그래도 2014년에 1인당 맥주 소비량 세계 7위로 여전히 맥주를 많이 마시는 나라다(2014년 한국은 46위, 일본이 47위였다. 1인당 마신 맥주의 양을 보면 1위인 체코가 한국의 세 배, 아일랜드가 한국의 두 배였다). 그러나 250여 년 전 아일랜드는 전혀 딴판이었다. 1750년대 아일랜드엔 소수의 군소 맥주 양조업자가 있을 뿐이었고, 대다수가 진이나 싸구려 위스키를 마시고 있었다. 마침 영국에서 포터(흑맥주)가 개발돼 수입돼 들어오면서 군소 맥주 양조업자들마저 맥을 못 추기 시작했다.

아서 기네스(1725~1803년)는 아버지가 대주교의 집사였는데, 대주교가 죽으면서 기네스 가족 각자에게 100파운드씩 남겨주었다. 아서 기네스는 이 돈으로 서른 살에 더블린 근교의 양조장을 사서 맥주 제조를 시작했고, 서른다섯에 더블린의 폐기된 양조장 '세인트 제임스 게이트'를 매년 45파운드씩 9,000년간 임대하는 계약을 맺었다. 그곳에서 영국 포터에 대항해 자기 식의 포터 '기네스'를 만들어 10년 뒤부터 영국으로 역수출하기 시작했다.

흑맥주가 '포터'로 불리게 된 건 이 술이 항만에서 일하는 영국의 짐꾼(포터)들 사이에서 유행하기 시작한 데서 비롯됐다고 한다. 그런데 1820년대부터 알코올 도수를 6~8도로 높인 흑맥주가 나오면서 여기에 '스타우트'라는 명칭이 붙기 시작했고, 마침 아일랜드를 평정하고 해외 곳곳으로 수출하기 시작했던 기네스 맥주가 1840년대에 '기네스 스타우트'라는 이름을 쓰면서 얼마 뒤부터 스타우트가 흑맥주를 가리키는 보통명사가 되다시피 했다. 그리고 1959년부터 기네스는 맥주 안에 질소를 넣어 이산화탄소가 담긴 다른 맥주보다 섬세하고 부드러운 거품을 만들면서 또 한 번 세계적인 기네스 붐을 일으켰다. 세인트 제임스 게이트 양조장은 1834년에 아일랜드 최대의 양조장, 1914년에 세계 최대의 양조장이 됐고, 정상에 올라선 기네스사는 1997년 그랜드메트로폴리탄과 합병해 '디아지오'라는 세계

더블린 시내의 세인트 제임스 게이트 양조장

최대 주류회사로 올라섰다.

영국의 압제에 시달리던 유럽의 변방 아일랜드에서 이런 역사를 세운 기네스 맥주는 아일랜드인에게 자긍심과 연대, 나아가 단결의 상징일지도 모른다. 영화 〈웨이킹 네드〉로 돌아와 보면, 기네스의 그런 면모가 드러난다. 재키가 찾아낸 복권의 주인은 영화 제목에 쓰인 네드라는 노인이었다. 네드를 찾아갔을 때 혼자 살던 네드는 당첨 소식을 듣고 놀라 심장마비로 죽은 뒤였다. 복권을 손에 든 채로. 어쩔 것인가. 재키는 마을 사람 전원과 공모해 집단 사기극을 꾸민다. 더블린에서 온 복권사 직원에게 마이클을 네드라고 속여 돈을 타낸 뒤 모두가 공평하게 나눠 갖기로 한다. 그의 계획이 마을 회의에서 통과한 날, 마을 사람들이 동네 펍에 모여 결의를 다지듯 단체로 마시는 술 또한 기네스이다.

그렇게 나쁜 짓을 해도 되는 걸까. 어차피 네드는 죽었고 상속인도 없다. 관객들은 도덕적 부담 없이 마을 사람들 편을 들 수 있다. 그럼에도 영화는 한발 더 나간다. 보험사 직원이 찾아온 건, 공교롭게도 네드의 장례식장. 조문을 읽으려던 재키는 보험사 직원을 보고 즉석에서 죽은 이의 이름을 마이클로 바꿔 살아 있는 마이클 앞에서 조사를 창작한다. "마이클, 자네가 내 위대한 친구라는 말을 전에 하지 못했네. 장례식에서 하는 말이라는 게 죽은 이에겐 항상 늦은 것이겠지. 자네가 이 장례식장에 온다면 얼마나 좋은 일일까."

어릴 때부터 함께 늙어온 두 친구지만 이런 말을 할 기회가 있었을까. 재키의 말처럼 마이클은 졸지에 자기 장례식장에서 조사를 들었으니, 그렇게 한번 친구의 정을 확인했으니 훌륭한 일이다. 그 조사 안에 이 마을 노인들의 소박한 삶과 인간관계가 농축돼 나타난다. 그 순간 이들이 당첨금을 나눠 갖는 행위는, 용서받을 만한 일에서 그렇게 해야 마땅한 일로 격상된다. 그러면서 이야기는 복권 같은 자본주의의 규칙과 도덕에 대한 조롱으로 보일락 말락 함의를 넓힌다.

하지만 영화는 영화다. 아일랜드인의 기네스에 대한 충성도도 마냥 믿을 수 있는 건 아닌 모양이다. 2000년대 들어 10년 가까이 아일랜드에서 기네스 소비가 계속 줄었다. 주택 가격 하락과 실업률 상승 속에 값싼 동유럽 맥주들이 밀려들어오고 있는 게 감소의 한 원인이었단다. 아일랜드 신세대들이 기네스를 낡은 것으로 여기며 버드와 이저를 마신다는 기사도 나왔다. 그래도 아일랜드에서 팔리는 맥주 가운데 기네스는 항상 4분의 1 이상을 차지했고, 2015년엔 아일랜드에서의 기네스 판매량이 다시 증가했다고 한다. 기네스사의 소유권도 변해 1983년 위스키 회사 디스틸러스 컴퍼니 인수 뒤 기네스 가문의 지분은 10퍼센트 이하로 떨어졌고 현재 이사진에 기네스 성을 가진 이가 하나도 없다.

맥주를 구별하는 기준과 방법은 수없이 많겠지만, 가장 크게 둘로 나누면 에일(ale) 맥주와 라거(lager) 맥주이다. 두 맥주엔 다른 효모가 들어간다. 에일에 들어가는 효모는 고온(15~18℃)에서 발효하며, 라거에 들어가는 효모는 저온(7~12℃)에서 발효한다. 술통 안에서 발효하는 위치도 달라, 고온 발효 효모는 액체의 표면에서, 저온 발효 효모는 바닥에서 활동하며 이에 따라 에일을 '상면 발효 맥주', 라거를 '하면 발효 맥주'라고 부르기도 한다.

맛이 달라지는 건 발효 온도의 차이 때문인데, 저온 발효는 에스테르와 페놀을 덜 발생시킨다. 이로 인해 라거는 맛이 담백하고 산뜻한 반면, 에일은 맛이 진하며 향도 풍부하고 복잡하다. 냉장기술이 발달하기 전까지 유럽에선 기후에 따라 두 맥주의 생산지가 나뉘었는데 더운 지방에선 에일을, 그보다 추운 지방에선 라거를 많이 만들어왔다. 둘의 차이점 가운데 중요한 또 한 가지는 발효 기간이 다르다는 것이다. 에일은 4~6일인 데 반해, 라거는 8~10일이 걸린다. '라거(lager)'라는 독일어가 '저장'을 뜻하는데, 이는 라거 맥주의 발효를 위해 저장하는 기간이 오래 걸리기 때문이다. 이로 인해 19세기까지 라거보다 에일이 대량생산이 쉬웠다.

라거가 본격적으로 만들어지기 시작한 건 1800년대 중반, 독일 맥주 회사 슈파텐의 제들마이어가 영국의 '페일 에일'(에일 맥주 가운데 색이 밝은 것) 기술을 가져와 라거에 도입한 '페일 라거'를 만들면서 부터다. 마침 비슷한 시기에 체코의 필센 지방에서 필스너라는 라거 맥주가 생겨났다. 비슷한 시기에 아일랜드와 영국에서, 에일의 대표 브랜드인 기네스가 알코올 도수가 높은 '다크 에일(흑맥주 에일)'인 스타우트를 히트시켰던 것과 대조적이다.

라거가 에일을 누르고 전 세계 맥주의 주류가 된 건, 1950년대부터다. 모턴 카우츠라는 뉴질랜드인이 라거 맥주 생산기간을 단축시키는 혁신적인 기술을 개발했다. 곧바로 라거 맥주가 양산되기 시작해 순식간에 전 세계에서 생산량이 에일을 압도하게 됐다. 버드와이저, 밀러, 하이네켄, 아사히, 한국의 오비, 카스 등등 어지간한 대량생산 맥주엔 '라거'라는 딱지가 붙어 있다. 에일은 흑맥주, 라거는 밝은색의 맥주로 잘못 아는 이들이 있는데, 에일에도 색이 밝고 투명한 '페일 에일'이 있고, 라거에도 색이 짙은 '다크 라거'가 있다.

섬세하고 예민하게, 오로지 맛으로 승부를!

연인 사이보다
친구 사이 같은 술

크래프트 비어와 〈드링킹 버디즈〉

조 스완버그 감독의 2013년작 〈드링킹 버디즈〉의 도입부. 시카고의
한 맥주 공장. 커다란 탱크 안에 맥아가 부어지고, 발효되면서 부글
부글 끓고, 몇몇 장치를 거쳐 마침내 맥주 따르는 기계의 주둥이에서
맥주가 나오는 과정이 짧게 스케치된다. 그 공장에서 30대 후반쯤으
로 보이는 남자 루크(제이크 존슨)는 맥주 탱크를 씻고, 30대 중반쯤
으로 보이는 여자 케이트(올리비아 와일드)는 사무실에서 홍보, 이벤
트 개최 같은 일을 한다. 점심시간. 케이트와 루크가 휴게실에 먹을
걸 가져와 나란히 앉는다. 공장 안의 펍엔, 아무 때나 따라 먹을 수
있도록 맥주 나오는 기계 주둥이가 열 개 정도(각기 다른 맥주가 나오
는) 마련돼 있다. 둘 다 거기서 맥주를 따라 왔다. 먹기 전에 장난을

친다. 상대방의 맥주에 손가락을 담그고, 상대방의 음식을 만지고, 웃고, '그래도 먹을 거야' 하면서 먹고 마신다. 너무 자연스럽다. 부럽다. 저런 이성 친구 하나 있으면 좋겠다.

그런데 케이트와 루크뿐 아니라 공장 직원들 누구나가 열 개 남짓한 술 주둥이에서 수시로 다양한 맥주를 뽑아 마신다. 그 맥주가 뭐냐고? 바로 '크래프트 비어'이다. 이 공장이 어디냐면, 2010년에 문을 연 '레볼루션 브루잉'이라는 맥주 회사다. 영화에서도 '레볼루션 브루잉' 상표가 보인다. 이 회사의 홈페이지에 들어가면 스스로를 '크래프트 브루어리(craft brewery)'라고 힘주어 말한다. 크래프트 브루어리? 미국 내 소규모 맥주 회사를 후원하기 위해 만들었다는 '브루어스 어소시에이션'에 따르면 크래프트 브루어리는 맥주 회사 가운데서도 규모가 작고(연간 생산량이 600만 배럴 이하), 독립적이고(오너가 맥주제조업 종사자), 전통적인(다른 몰트 음료보다 맥주 제조를 우선으로 하는) 곳을 말한다. 그럼 '크래프트 비어'는? '드래프트 비어(생맥주)'의 오자가 아니라 크래프트 브루어리에서 만드는 맥주를 말한다.

문자 그대로 옮기면 '수제맥주'인데, 손으로 만든 것만큼 정성껏 질 좋게 만든 맥주라는 말이다. 'www.craftbeer.com'에 따르면 지금 미국은 크래프트 비어 애호가들에게 최고의 나라이다. 미국은 지금 생산 중인 맥주의 유형이 150종을 넘고 브랜드는 2만 개를 넘어선다. 다른 어느 나라보다 풍부하다. 큰 나라가 맥주 종류도 많은 게 당연하지 않냐고? 미국은 20세기 초에 금주령을 실시한 뒤, 대형 맥주 회사만 남고 군소 맥주 공장들이 사라졌다. 버드와이저, 밀러로 대표되는 대량생산 맥주에 질려 있던 미국인들은, 1970년대 영국에서 시작된 '마이크로 브루어리(소규모 맥주 공장)'의 붐과 1970년대 말 카터 행정부의 소량 맥주 생산 허가제에 힘입어 1980년대부터 크래프트 브루어리가 생겨나기 시작했다. 1979년 89개에 불과했던 미국의 맥주 회사가 2013년엔 2,416개로 늘었는데 그중 2,360개가 크래프트 브루어리라고 한다. 한국에도 제법 알려진 맥주 '새뮤얼 애덤스'도 1984년에 생긴 '보스턴 비어 컴퍼니'에서 만든 크래프트 비어이다. '질 좋은 맥주'를 내걸고 우수한 맛을 선보인 새뮤얼 애덤스는 출시 직후 맥주 애호가들의 사랑을 받으며 급성장을 거듭했다. '보스턴 비어 컴퍼니'는 2017년 미국 크래프트 브루어리 가운데 판매량 2위이고, 미국 전체 맥주 회사 중에 9위이다. 그러니 크래프트 비어의 방점은 '소량 생산' 보다, '맛과 향이 우수하다'에 찍혀야 한다.

영화로 돌아가자. 흔히들 묻는다. 남녀 간에 친구가 가능하냐고. '술 마시는 친구들'이라는 제목이 암시하듯, 이 규모 작은 미국 독립 영화는 그 의제 하나만을 물고 간다. 상대가 정돈하고 있는 걸 어질러 놓고, 샌드위치를 만들어 먹으며 상대의 얼굴에 야채와 햄을 바르는 케이트와 루크의 장난질엔 성적인 끈적함이 없다. 둘 사이엔 성적 긴장이 아예 없는 걸까. 성적 긴장이 있으면서도 저렇게 한다? 그건 서로 엄청나게 조심하고 절제한다는 말일 텐데 그게 쉬울까. 남자가 게이이거나 여자가 레즈비언? 아니다. 둘 다 서로의 이성 애인이 있다. 그렇다면 상대방에 대한 자기의 감정을 아직 유심히 들여다보지 않아서, '친구 사이'라는 포장이 유지되고 있는 상태일지 모른다. 바꿔 말하면 어디서 돌 하나가 날아와 포장을 찢었을 때 상대에 대해 어떤 감정이 드러날지 모르는, 불안한 잠복기? 맞다. 영화가 흘러가면서 케이트와 루크 사이로 자잘한 돌들이 날아오고, 잠복해 있던 것들이 불거져 나오고, 둘 사이에 금이 가고….

영화에서 드물지 않게 보는 사연이지만 이 영화에선 그 일련의 일들이 우리 일상처럼 잔잔하고 사소하다. 케이트나 루크 모두 장난은 초딩처럼 치지만 자잘한 돌이 날아와 일으키는 자기 안의, 둘 사이의 파문을 대하는 태도는 꽤 어른스럽다. 어떤 돌이 날아오냐고? 둘의 애인끼리 아주 작은 '섬싱'이 생기고, 케이트가 실연한 뒤 맥주 공장 직원들과 술 마시다가 다른 남자와 자고, 그 얘길 들은 루크는 표는 안 내지만 속이 상하고…. 사람의 마음이 의지대로 안 흘러가고, 스스로 관계의 방향을 선택한다고 하지만 그게 최선의 것인지 관성에 따른 것인지 알지 못하고…. 인물들을 보고 있으면 애잔하고 스산한데 그게 짙은 여운을 남기지 않고 '스윽' 스쳐 지나간다. 꼭 맥주 맛 같다. 섬세하고 다양한 맛과 향의 크래프트 비어 같다. 한 잔 두 잔 마시면 감미롭고 이런저런 취흥이 생기지만 독주들처럼 다음 잔을 절박하게

케이트와 루크를 보고 있으면 애잔하고 스산한데 그게 짙은 여운을 남기지 않고 '스윽' 스쳐 지나
간다. 꼭 맥주 맛 같다. 섬세하고 다양한 맛과 향의 크래프트 비어 같다.

부르지는 않는 술, 중독성이 약한 대신 아무 때나 흔쾌히 마실 수 있
는 술, 연인 사이보다 친구 사이 같은 술, 크래프트 비어.

영화 많이 본 독자라면 알겠지만 이런 영화가 엔딩에서 크게 달라
지는 경우는 드물다. 우여곡절을 겪고 나서도 둘은 다시 처음처럼 장

난질을 시작할 기세다. 둘이 앞으로도 평생 그러고 살지, 다시는 안 보는 원수가 될지, 아님 애인이 돼 사랑을 나눌지 알 수 없다. 근데 이상하지 않나? 사랑하는 남녀가 주인공일 때는 그들이 헤어졌다가 다시 만나면 둘 사이가 앞으로 어떻게 될지 몰라도 해피엔딩으로 다가오는데, 왜 케이트와 루크의 친구 사이가 회복됐을 땐 해피엔딩의 느낌보다 처음으로 돌아왔다는 생각이 들까. 인간 사회가 24시간 사랑병에 빠져 있으니, '사랑=행복'이라는 철석같은 믿음에 사로잡혀 있으니, 나도 어쩔 수 없는 모양이다. 이제라도 정신 차리자. 진정한 연인 사이는 친구 사이를 지향한다는, 훌륭한 말도 있지 않나. 그래. 케이트와 루크는 친구 관계를 회복했으니 이 영화는 해피엔딩인 거야. 정말? 진짜?

영화의 무대가 된 맥주 회사 '레볼루션 브루잉'은 몇 년 새 급성장했다. 2017년 판매량이 미국 크래프트 브루어리 가운데 40위, 미국 전체 맥주 회사 가운데 50위에 이른다. 맥주가 맛있는 모양인데 유감스럽게 먹어보지 못했으니…. 2015년 미국에서 팔린 전체 맥주 가운데 7~8퍼센트가 크래프트 비어인데, '브루어스 어소시에이션'은 크래프트 비어의 점유율 목표치를 2020년에 20퍼센트로 잡았다고 한다. 그 목표를 달성하든 말든, 미국 맥주시장에서 크래프트 비어의 점유율이 폭발적으로 증가하고 있는 건 사실인 모양이다.

한국은? 미국의 크래프트 비어와 유사한 '수제맥주'가 오래전부터 나왔지만 자기 매장 안에서만 팔게 하는 등 규제가 많았다. 그러다가 2014년과 2018년 4월 두 차례 주세법이 바뀌면서 수제맥주 공장 허가 기준이 낮아지고 슈퍼마켓, 편의점, 대형마트에서의 수제맥주 판매가 허용돼 생산, 판매량이 늘고 있다. 수제맥주 시장 규모가 2016년 200억 원대에서 올해 400억 원대로 증가했고, 수제맥주 제조업체는 2015년 51곳에서 2017년 83곳으로 늘었다. 얼마 전부터 대형마트 주류 코너엔 국산 수제맥주 수십 종이 진열돼 있다. 그런데 자체 유통망이 제대로 갖춰지지 않아 비용이 많이 들고, 저렴해진 수입맥주와의 가격경쟁력이 떨어지는 등 전망이 밝지만은 않다고 한다. 무엇보다 수십 년 전 미국의 새뮤얼 애덤스가 그랬던 것처럼 맛이 압도적으로 빼어나다고 소문이 나는, 수제맥주의 스타 상표가 나오지 않고 있다. 나도 '이거다' 싶은 수제맥주를 찾지 못했다. 기다려보는 수밖에.

4장

폭탄주

맥주에 위스키를 섞어 마시는 한국식 '폭탄주'와 가장 유사한 술을 찾아 올라가보면, 서양의 '보일러메이커'라는 칵테일이 나온다. 폭탄주와 제조 방식의 거의 같은 이 술을 영국과 미국에서 19세기 초중반부터 마셨다고 한다. 하지만 이 보일러메이커, 폭탄주를 가장 많이 마시는 나라는, 지금은 조금 시들해졌지만 아직도 한국이다. 한국에선 1980년대 들어 군과 검찰에서 마시기 시작하다가 정치권과 언론사를 거쳐 일반 사회로 퍼져나갔다. 1990년대 후반 구제금융기를 거치면서 맥주에 위스키 대신 소주를 타는 '소폭'이 새롭게 유행하기 시작했다.

보일러메이커 | 회오리주

위스키가 잔째로 담긴 300밀리리터 생맥주잔을 원 샷하고 하는 말.
"나 사랑에 빠졌다."

너무 뜨거우니
주의하세요

보일러메이커와 〈흐르는 강물처럼〉

한국인들이 가장 많이 마시는 칵테일은? 소주와 백세주를 반반 섞은 '오십세주'가 한때 유행했고, 언젠가부터 맥주에 소주를 탄 소맥을 많이 마시는 분위기지만 그래도 역시 한국의 대표 칵테일은 스카치 위스키와 맥주를 섞은 폭탄주 아닐까. 폭탄주가 칵테일이냐고? 칵테일이 원래는 증류된 독주(스피릿)에 허브나 감귤류를 첨가한 리큐어, 설탕, 물 등을 섞은 걸 의미했지만 오래전부터 알코올이 들어간 혼합 음료를 통칭하는 말이 됐다.

폭탄주는 엄연한 칵테일이며, 그것도 단맛을 가미하지 않은 몇 안 되는 칵테일이다. 한국인들이 이걸 왜 그렇게 마셔대기 시작했는지에 대해 설들이 분분한데, 그건 다음 기회에 살펴보기로 하고 우선

이 폭탄주의 족보부터 짚어보자.

내 기억에 검찰이나 군, 신문사 등 뭔가 좀 유별난 데가 있는 집단에 속하지 않은 일반인들에게까지 폭탄주가 번져나가기 시작한 게 1990년대 초반인 듯하다. 회오리주, 마빡주 등등 별의별 제조 방법의 등장과 함께 여기저기서 폭탄주를 마셔대던 1992, 1993년께, 극장에서 한 영화를 봤다. 폭탄주가 독일 광부들이 마시던 술이다, 미국 부두 노동자들이 마시던 거다 등등 이 술의 기원에서부터 시작해 영어 명칭을 두고도 말이 많던 때이기도 했다.

미국에 금주령이 내려져 있던 1920년대 중후반 미국 몬태나주의 시골 마을. 20대 초중반의 남자 형제가 밀줏집에서 만났다. 늦게 온 형 노먼이 카운터에 앉으며 술을 시킨다. "보일러메이커 둘!" 바텐더가 300밀리리터 되는 잔에 가득 담긴 맥주와 함께, 우리식 스트레이트 잔보다 조금 큰 숏글라스에 위스키를 채워서 두 개씩 내놓는다. 노먼은 숏글라스를 맥주잔에 던지듯 집어넣는다. 맥주 거품이 올라오면서 넘쳐흐르는 잔을 들고 '원 샷' 한 뒤 빈 잔 속에 든 숏글라스를 입에 한번 물었다가 내뱉는다. 잔뜩 상기된 얼굴로 동생에게 말한다. "나 사랑에 빠졌다."

〈흐르는 강물처럼〉(로버트 레드퍼드 감독, 1992년)은 소설가 노먼 매클린(1902~1990년)이 실제 자기 가족의 이야기를 바탕으로 쓴 동명 소설을 영화로 만든 것이다. 목사의 아들로 태어나 오랫동안 교편을 잡았고, 영화에 나오는 것처럼 젊었을 때 별명이 '전도사'였던 노먼은 폭음을 할 스타일이 아니다. 그런 그가 과격하게 단숨에 들이켜는 보일러메이커는, 그의 마음속에 처음 피어난 사랑의 가슴 벅참을 동생에게 그리고 관객에게 전달하는 매개체로 적격이다.

여하튼 그 술, 맥주에 양주를 빠뜨린, 우리식 폭탄주와 하나도 다를 게 없는 그 칵테일의 영어 이름이 '보일러메이커'였다. 보일러메이커? 보일러 만드는 사람? 왜 이런 이름이 붙었을까. 인터넷에 보일러메이커(boilermaker)를 쳐보니 www.boilermakers.org라는 사이트가 나온다. 이거다 싶어 들어가봤더니 진짜 보일러공들의 노조 사이트였다. 그런데 그 사이트에 이런 글이 실려 있었다.

'왜 위스키에 맥주를 함께 마시는 걸 보일러메이커라고 부르나?' 제목 바로 뒤에 붙은 답은 이렇다. "아무도 모른다. 최소한 우리는 (아는 이를) 찾지 못했다." 술 이름이 돼버린 명칭의 원 소유자들이 그 기원을 찾아 나섰는데도 찾지 못했다면 누가 찾을까. 확실한 답은 모른다고 하면서도 이 보일러공들은 이런저런 설명들을 덧붙여 놓았다.

거기에 따르면 이렇다. 옥스퍼드 영어 사전은 증기기관차를 만들고 수리하는 이들을 일컫는 '보일러메이커'라는 명칭이 1834년에 처음 쓰였다고 한다. 그런데 그때는 스팀엔진이 나온 지 60~70년이 지나 증기선이 북아메리카를 수시로 들락거리고 증기기관차가 그곳의

지도를 새로 그리고 있어서 진작부터 '보일러메이커'가 술의 명칭으로 쓰이고 있었다고 어원학자들은 말한다는 것이다.

이 글은 이어 "(보일러를 다루는) 기능공들보다 술이 먼저 이름을 가져갔다? 말이 안 되는 것 같지만 언어의 발달이 꼭 논리적으로 이뤄지는 건 아니다."라며 이런 일화를 덧붙인다. 리처드 트레비식이라는 영국의 대장장이가 1801년에 증기기관으로 가는 자동차를 만들어 주행에 성공한 뒤 언덕에 세워놓고 차의 보일러를 끄지 않은 채 술(아마도 폭탄주)을 마시는 사이에 자동차가 과열로 타버렸단다. '워낙 세기 때문에 주의하지 않으면 큰일 낼 수 있다는 점'이, 직업인 보일러메이커와 술 보일러메이커의 공통점이어서 명칭이 같지 않을까 하는 추리로 이 글은 끝을 맺고 있다.

다른 자료들엔 보일러메이커라는 술이, 양주를 '원 샷' 하고 바로 맥주를 마시는(비어 체이서) 것이라고 나오기도 한다. 하지만 이 보일러공 노조 사이트엔, 양주잔을 맥주잔에 빠뜨린 뒤 입을 떼지 않고 한 번에 마셔야 보일러메이커가 된다고 나와 있다. 영화로 돌아오면 주인공 노먼은 평소 모든 일을 규범대로 해왔던 것처럼 보일러메이커도 그렇게 마셨다. 형보다 더 예민하고 거친 성격인 동생 폴은 양주잔만 비우고 일어선다. 폴은 얼마 뒤 도박판에서 시비 끝에 살해된다.

노먼의 아버지와 노먼 형제, 셋이 강에서 플라이 낚시 하는 모습

주인공의 아버지 목사가 하는 설교 속에 영화의 성정이 잘 드러나 있다. "우리는 살면서, 사랑하
는 이가 도움을 청하는 순간을 만나게 됩니다. 하지만 가장 가까운 이들에게조차 좀처럼 도움을
주지 못하는 게 사실입니다. 그가 무엇을 필요로 하는지 알지 못하며, 우리가 준 것이 불필요한
것이기 쉽습니다. 그러나 우리는 여전히 그들을 사랑합니다.…"

을 형제가 커가는 단계마다 보여주며 사람이 살고, 사랑하며, 죽어가는 것에 대한 단상들을 시처럼 엮어 넣은 이 영화의 느낌은 영화 마지막에 나오는 노먼 아버지의 설교 내용 속에 잘 살아 있다. "우리는 살면서, 사랑하는 이가 도움을 청하는 순간을 만나게 됩니다. 하지만 우리는 가장 가까운 이들에게조차 좀처럼 도움을 주지 못하는 게 사실입니다. 그가 무엇을 필요로 하는지 알지 못하며, 우리가 준 것이 불필요한 것이기 쉽습니다. 그러나 우리는 여전히 그들을 사랑합니다. 우리는 충분한 이해가 없더라도 충분한 사랑을 할 수 있습니다."

사람 사이의 어쩔 수 없는 거리는, 아무리 가까운 이라도 정말 필요한 걸 도와줄 수 없게 만든다. 그럼 어쩔까. 그래도 우리는 그들을 사랑하고, 사랑할 수 있다는 이 말은 얼핏 공허하게 들릴 수 있지만, 영화를 보면 그렇지가 않다. 그렇게 솔직하고 겸손한 태도로 사랑해야, 그게 사랑일 수 있다는 말로 들린다. 이 영화야말로 오랫동안 숙고하며 살아온 이들이 쓰고 연출한 영화 같다.

이 영화에서 어쩌다 기분이 정말 좋을 때, 흥에 겨워 한잔 마시는 술로 나오는 보일러메이커, 즉 폭탄주가 한국영화로 넘어오면 만용과 광란과 낭비의 상징처럼 등장하게 된다. 다음 편으로….

한걸음 더 | **소맥, 혹은 소주폭탄주**

한두 잔 마시는 칵테일이 아니라, 왕창 마실 목적으로 술과 술을 섞는 일이 외국에선 드물지만 한국에선 수십 년 동안 이어져왔다. 박정희 정권 때인 1960년대 중반엔 공무원들이 회식 때 막걸리와 맥주를 섞어서 마셨다. 공무원들의 행사 때면 박정희 대통령부터 앞장서서 이 술을 마셨고, 그 이름을 '국민주'라고 붙였다. 쌀 막걸리를 금지한 뒤, 막걸리에 대한 인식이 나빠지는 걸 막기 위한 일종의 '홍보' 목적도 있었을 거다.

위스키 수입이 자유로워진 1980년대 후반부터 위스키와 맥주를 섞은 '폭탄주' 붐이 조금씩 일기 시작했지만 그래도 양주는 값이 비쌌다. 서민들은 1990년대 초에 백세주가 나오자 이걸 소주와 반반씩 섞은 이른바 '오십세주'를 불타나게 마셨다.

1990년대 후반 구제금융기를 겪으면서 조금씩, 2000년대 불황 속에서 본격적으로 사람들은 소주와 맥주를 섞은 '소맥' 혹은 '소폭'을 마시기 시작했다. 양주 소비가 줄고, 소주 소비는 늘었다. '소폭'은 '양폭(위스키 폭탄주)'과 달리 비린내가 나지 않아 마시기가 편하다. 섞는 비율도 취향에 따라 대충 하면 된다. 한국의 소주나, 한국의 맥주 모두 맛과 품질 면에서 그리 상품이 아닌 만큼, 이 둘을 섞어서 마시는 '소폭' 유행은 앞으로도 오래갈 것 같다.

성경 말씀에, "재앙이 뉘게 있느뇨?··· 혼합한 술을 구하러 다니는 자에게 있느니라."
혼합한 술로 회오리까지?

대한민국의 밤엔
폭탄이 설치됐다
회오리주와 〈플란다스의 개〉

"왜 폭탄주를 마십니까?"

"양주만 마시면 독해서요."

한국 현대사에 폭탄주가 공식적으로 등장한 첫 순간이었다. 1999년 국회 청문회가 텔레비전 생중계되는 가운데 국회의원이 묻고 검찰 간부가 답변한 말이다. 당연히 국회 속기록에도 남았을 텐데, 아쉽다. 양주만 마시면 독해서 폭탄주를 마신다? 빈약한 답변이다. 내가 전에 검찰 출입기자를 오래 한 탓에 그 검찰 간부를 아는데, 그는 술도 잘 마시고 나름 유머도 있는 사람이다. 다른 사건과 연루돼 폭탄주가 등장하지 않았다면, 정말 폭탄주라는 술에 대한 얘기였다면, 더 재밌고 명쾌한 답을 했을 것 같다.

지금 생각해봐도 한심한 건 질문이지 답변이 아니다. 그 청문회는 이 검찰 간부가 기자들과 폭탄주를 마시다가 '검찰이 조폐공사의 파업을 유도했다'는 발언을 했고, 이게 보도가 돼 일었던 파문에 관한 것이었다. 문제는 발언 내용의 진위이고, 혹 그 발언을 한 데 다른 저의가 있었는지 궁금했다면 그걸 물을 일이다. 아들이 술 먹고 사고 치고 오니까 부모가 "왜 술 처먹고 그래?" 하는 식으로 따져 묻는, 이런 질문은 질문도 아닐뿐더러 공인이 공인에게 할 말이 아니다. 그 물음 앞에 '양주만 마시면 독해서'라고 즉답을 한 것은, 청문회장에서 듣기 힘든 고급스런 유머가 아닐 수 없다.

여하튼 폭탄주는 이렇게 불명예스럽게 현대사에 등재됐다. 그 이듬해인 2000년에 〈플란다스의 개〉라는 영화가 나왔다. 이제는 세계적인 감독이 된, 〈괴물〉, 〈마더〉, 〈옥자〉의 봉준호의 장편 데뷔작이다. 거기에 폭탄주 돌리는 장면이 두 번 나온다. 주인공은 국문학 박사이면서 강의할 자리를 찾지 못하고 있는 백수이다. 교수가 되려면 학장에게 돈 1500만 원 싸들고 가서 건네주면서 술 접대를 해야 한다는 선배의 충고를 듣는다.

그 선배의 입을 통해, 주인공보다 선수 쳐서 학장에게 돈 싸들고 갔던 한 친구의 얘기가 나올 때, 화면은 그걸 재현한다. 룸살롱에서 머리 하얀 학장이, 맥주에 양주를 타서 잔을 돌려 회오리를 일게 하는 폭탄주의 일종인 회오리주를 만든다. 그리고는 잔을 감싸 쥘 때

썼던 휴지를 벽에 내던진다. 이걸 앙각에 클로즈업에 슬로모션으로 그로테스크하게 연출한다. 이 친구는 술을 못하는 이였다. 학장이 주는 회오리주를 다 받아 마시고는 취해서 지하철 철로 쪽으로 머리를 내놓고 오바이트하다가 지하철에 치여 죽었다.

다음은 주인공 차례. 학장이 회오리주를 만드는 모습이 똑같이 그로테스크하게 리플레이된다. 먼젓번에는 웃겼지만, 이번엔 조금 공포스럽다. 아닌 게 아니라 주인공도 지하철에서 똑같은 포즈로 오바이트를 한다. 하지만 술이 조금 더 셌던 탓에 그는 살아서 교수가 된다. 여기서 회오리주, 폭탄주는 뇌물 거래가 성사됐음을 알리는 징표다. 맥주잔 속에 양주와 맥주가 섞여 돌면서 일으키는 거품의 회오리가 화면 가득 클로즈업된다. 악마에게 영혼을 팔아넘긴 대가로 주어지는 찰나적인 쾌락을 은유하듯.

불쌍한 폭탄주! 이 영화 이후에도 폭탄주는 불명예의 행진을 계속해야 했다. 국회의원들이 폭탄주 마시고 추행하고, 폭언하고, 폭행하고…, 잊을 만하면 되풀이되는 폭탄주와 관련된 사고들 때문에 2006년 국회에선 '폭탄주 소탕 클럽'까지 만들어졌다. 곤욕을 치렀던 국회의원들에겐 성경의 한 구절이 절실할지 모른다.

"재앙이 뉘게 있느뇨? 근심이 뉘게 있느뇨? 분쟁이 뉘게 있느뇨? … 술에 잠긴 자에게 있고 혼합한 술을 구하러 다니는 자에게 있느니라."

술이 죄냐, 사람이 죄냐. 어려운 문제다. 한 가지 분명한 건 언젠가부터 한국인들이 폭탄주를 죽어라고 마시기 시작했다는 것이다. 내 기억에 주변 사람들 증언 조금 보태면 폭탄주는 1980년대 중반에 군, 검찰에서 시작돼 1990년대 초반 정계와 언론계로, 1990년대 중반부터 일반 기업으로 퍼져나가 〈플란다스의 개〉에서처럼 강단까지 잠식했다. 누군가는 폭탄주가 군사문화의 잔재라고도 하고, 누군가는 룸살롱이 그 유행의 진원지라고도 한다. 다 일리가 있지만, 내 경험에 비춰 한국의 회식 문화가 폭탄주의 유행을 불러오지 않았나 싶다.

회식은 파티와 달리, 좌석 이동이 쉽지 않다. 대화가 개별적으로 이뤄지기보다 집단적으로 이뤄진다. 그러면 여럿이 말하기보다 회사나 조직의 상사가 웅변하기 십상이다. 상사가 부하 직원들 놀라고 마련해 놓고는, 실제로는 노는 것까지도 상사가 관장하는 피곤한 자리가 될 수 있는 게 회식이다.

이런 자리는 어차피 과음을 필요로 하는데, 잔술을 주고받는 것보다 폭탄주를 돌릴 때 상사는 상사대로, 부하는 부하대로 이점이 있을 수 있다. 잔술을 주고받으면 상사가 많이 마시게 되는데 폭탄주는 공평하게 돌아가니까 상사의 입장에서 술을 덜 마실 수 있다. 또 폭탄주는 제조하느라, 돌리느라, 마시고 난 뒤에 박수 치느라 시간을 끌기 때문에 얘기할 시간이 줄어들게 한다. 부하들의 입장에서 폭탄주는 자기 차례가 됐을 때 싫어도 먹게 하는 술의 '강권'은 있지만, 상사 혼자 떠드는 '강변'이 줄어드니 술맛은 좋아질 수 있다.

군사문화는 사라져가고 있지만, 여전히 상명하복과 일치단결을 필요로 하는 한국의 조직문화 속에서 폭탄주는 조직 구성원들이 바뀐 여건에 맞춰 스스로 불러들인 음주 방식인지도 모른다. 집단적 문화의 압박이 있으면서도 나름 공평한 구석이 있고, 무엇보다 말을 덜하게 함으로써 개인의 울타리를 조금은 더 보호할 수 있게 하는…. 〈플란다스의 개〉에도 그런 구석이 있다. 교수가 되려고 뇌물을 바치는 주인공뿐 아니라, 남이 애지중지하는 개를 잡아먹는 노숙자와 아파트 경비원, 젊음을 쏟아부을 대상을 못 찾고 부유하면서 남의 개 찾아주는 데 헌신하는 아파트 관리소 여직원 등등이 어떻게 보면 지리멸렬하고 어떻게 보면 귀엽기도 하지만 영화는 재단하지 않는다. 충분히 살피기보다 재단하고 심판하길 좋아하는, 사람들의 한 속성을 이 영화는 경계하는 듯하다.

최근 몇 년 사이에 폭탄주는 급속도로 사라져가고 있는 듯하다. 폭탄주의 진원지인 검찰에서도 폭탄주를 안 마신다고 한다. 폭탄주의 전도사 역할을 했던 언론도 마찬가지다. 후배 기자들은 양주에 맥주 섞은 폭탄주는 사라진 지 오래라고 입을 모은다. 여러 이유가 있겠지만 무엇보다 술 문화가 바뀐 탓이 클 거다. 술 문화의 보편성, 유사함 같은 게 사라지고 술 문화가 개별화돼간다고 할까. 똑같이 만들어 돌려 마시는 집단의식 같은 폭탄주는 퇴출당할 수밖에.

폭탄주의 맛을 살리려면 맥주의 거품이 충분히 일어나게 해야 한다. 그렇지 않으면 비릿한 냄새가 난다. 거품을 일게 하기 위해 회오리를 만들고, 얼음을 넣어 젓기도 하지만 가장 좋은 건 양주를 적당량 넣은 양주잔을, 맥주를 채운 맥주잔에 떨어뜨리되 양주잔이 떨어지면서 맥주잔의 측면을 살짝 건드리도록(많이 건드리면 맥주잔이 깨진다) 하는 것이다. 그러면 우유거품처럼 고운 거품이 정말 폭탄 터지듯 풍성하게 올라온다. 그렇게 만든 폭탄주에선 비린내는커녕 우유 맛이 난다. 그리고 또 하나. 폭탄주는 말이 그리울 때보다, 말에 지쳤을 때 마시는 게 좋다.

노천카페에 40대 중반의 남자 둘이 앉았다.

김: 오늘은 조금만 마시자 그랬지? 그럼 제일 비싼 ….

김은 수입 맥주인 ㄱ맥주를 두 병 시켰다.

박: 싼 거 시키지. 불황이라 소주랑 국산 맥주가 잘 팔린다잖아. 위스
키와 와인은 떨어지고. 한국 술 대단해. 엊그제 뉴스엔 진로 소주
가 작년 전 세계 증류주 가운데 제일 많이 팔렸다고 나오고.

김은 이맛살을 찌푸렸다.

김: 희석식 소주가 어떻게 증류주냐. 원료가 뭔지 관계없이 아무 주
정이나 가져와서 물 타고 감미료 넣어 만든 거잖아. 주정이 증류
해서 만든 거라고 그렇게 분류한 모양인데, 엄밀한 의미에서 증
류주, 영어로 스피릿이 아니라고. 국산 맥주도 말야, 맥주용 보리
를 수입하는데 그게 비싸니까 100% 보리로 만든 게 '하이트 맥
스' 하나뿐인 거 알아?

박: 값이 싸잖아. 그리고 출출할 때 맛있는 안주랑 함께 떠오르는 술
로 소주만 한 게 있어? 물론 우리가 거기에 길들여진 거겠지. 라
면, 자장면처럼. 절대적인 미각 말고도 관습이나 향수에 좌우되
는 문화적인 미각이 있다고. 그런 걸 '소울 푸드'라고 하지. 국산
맥주도 그래. 향이 약해 폭탄주 먹을 땐 더 좋다고.

박은 ㄱ맥주를 한 병 비우자 국산 맥주를 주문했다. 종업원이 '하이

트냐, 카스냐'를 묻자 '아무거나 찬 거'를 달라고 했다.

김: 그것 봐. 아무거나. 인터넷 백과사전 위키피디아에 '비어 인 코리아'를 치면 이렇게 나와. 한국의 대다수 식당에선 한 가지 맥주만 갖다 놓는다는 거야. 별 차이가 없으니까 아무거나 마신다는 거지. 소주도 그래. 대한주정판매에서 주는 주정을 받아다 쓰니까 '처음처럼'이든 '참이슬'이든 어떤 물과 첨가물을 넣느냐의 차이밖에 없다고. 다양성이 없는 거지. 다양성이 없으면 문화가 없는 거야. 뭘 먹든 배부르면 된다는 식이면 음식문화가 발달하겠어? 특히 술 같은 기호식품은 다양성이 생명이라고.

박: 한국에서 술은 생활필수품 아냐? 회식, 접대 혹은 생활고의 스트레스 땜에 어쩔 수 없이 마시는 일도 많잖아. 그리고 그렇게 다양성이 중요하면 사케나 수입 맥주 마시면 되잖아.

김이 ㄱ맥주를 잔에 마저 따르더니 거품을 유심히 본다.

김: 원래 좋은 술은 이사 가지 않는다는 말이 있다고. 현지의 술을 마시라는 거지. 이거 봐. ㄱ맥주는, 거품이 생명인데, 거품이 없잖아. 미국에서 그랬대. 금주령 뒤 살아남은 맥주가 다 대량생산되는, 밍밍한 라거 비어(저온 발효 맥주)였다는 거야. 그러다가 1980년대에 전통적인 제조 방식으로 맛과 향을 살린 새뮤얼 애덤스라는 맥주가 나오자 애주가들이 그 맥주 마시기 운동을 벌

여 단박에 최고의 맥주로 꼽히게 했대. 우리도 '한국의 애주가들이여, 단결하라'고 외쳐봐?

박: 야, 정신 차려. 주세 올린다잖아. '죄악세'라는데 미안한 줄 알고, 더불어 아직도 싼 걸 고맙게 여기면서 마셔야지.

김: '죄악세'라는 생각은 술을 문화로 인정하기는커녕, 생필품으로도 인정하지 않는 거라고. 안 먹어도 되는 걸 돈 낭비, 건강 낭비, 시간 낭비하며 마신다, 이런 거잖아. 그게 서민 생활고를 가중시킨다는 비난을 받고서야 시들해지는 걸 보면, 역시 한국에서 술은 생필품인 거지.

박: 내 말이 그거잖아. 그러니 생필품에 무슨 맛이고 멋이고 투정부리지 말고 마시자고!

그때부터 둘은 국산 맥주를 더 시키고 소주까지 시켰다. 종업원이 어떤 소주냐고 묻자 또다시 '아무거나'라고 말했다. '조금만 마시자'고 했던 것과 달리, 지금까지 그래왔던 것처럼 소주 폭탄주를 마시고 2차까지 가면서 만취해버리고 말았다.

한국의 술 문화를 얘기할 때 가장 아쉬운 건 한국 전통의 명주가 적음과 아울러, 한국인들이 가장 많이 마시는 소주와 맥주의 맛이 썩 훌륭하다고 하기 힘들다는 점이다. 그래서 소주든, 맥주든 브랜드를 군이 따지지 않고 마시고, 또 둘을 섞어 마시는 일이 많다. 이와 관련해 내가 『한겨레』 2009년 7월 18일 자에 '술꾼들의 수다'라는 제목으로 쓴 칼럼을 옮겨 싣는다.

5장

기타재제주

'기타재제주'는 한국의 주세법에 따라, 한국에만 있는 이름이다. 그것도 지금은 주세법이 바뀌어 사라져버렸다. 옛 주세법이 한 가지 술에 다른 술이나 첨가물을 섞은 것을 '재제주'로 분류하면서 그중 한 항목으로 '기타재제주'를 두었다. 위스키, 브랜드, 럼, 보드카 등 양주가 수입되지 않았던 때에 양주 원액을 극소량 들여와 다른 싸구려 알코올과 향료와 섞은 술, 그 시절의 양주 대용품이 바로 '기타재제주'였다. 맛이 떨어지고 뒤끝도 좋지 않은 대신 가격만큼은 쌌던 기타재제주들은 1970~1980년대 한국의 술 문화에서 빼놓을 수 없는 중요한 역할을 하고서 역사 뒤로 사라져버렸다.

캡틴큐 | 해태 런던드라이진

한 시대를 풍미하고 사라진 기타재제주,
그 가운데 최고 스타, '캡틴큐, 럼~'

이 싸구려 술,
자꾸 먹게 된단 말야

캡틴큐와 〈질투는 나의 힘〉

그이를 아시나요. 그이의 이름은 '기타재제주'랍니다. 그이를 아신다면, 그럼 그이가 벌써 이십여 년 전에 사라져버렸다는 사실을 아시나요. 당신과는 상관없는 일이겠죠. 까마득하게 잊었을 테니까.

그때, 우리가 가난하고 억압받을 때, 그이는 가보지 못하던 세계로 우리를 데려가주었지요. 위스키, 브랜디, 럼, 보드카…. 말로만 듣고 어쩌다 훔쳐보기만 했던 그 세계로, 그이와 함께 갔던 밤들은 들뜨고 행복하고 요란했지요. 다음 날 몸이 탕진하고, 머리와 속이 뒤틀려 환장했지만 후회하지 않았답니다. 어차피 그이 없인 갈 수 없었던 곳이니까요.

기타재제주(其他再製酒)! 1990년 이전까지 한국의 술은 주세법상 양조주, 증류주, 재제주로 분류됐다. 양조주는 발효주이고, 증류주는 발효시켜 얻은 알코올을 증류하거나 희석시킨 것이다. 재제주는 한 가지 술에 다른 술이나 첨가물을 섞은 것으로 합성맥주, 합성청주, 인삼주, 그리고 기타재제주가 여기에 포함됐다.

합성맥주, 합성청주? 맥주나 청주에, 소주나 주정을 섞은 것이라고 나오는데 옛날에 그런 술이 있었던 모양이다. 인삼주를 왜 양조주 아닌 재제주에 포함시켰는지는 잘 모르겠지만, 여하튼 재제주는 쉽게 말해 두 종류 이상의 술을 섞은 것이다. 그럼 기타재제주는? 맥주, 청주 외의 술, 즉 위스키, 브랜디, 럼, 보드카 등의 원액에 소주나 주정을 섞은 것이다.

단, 위스키와 브랜디의 경우 원액 함량이 제품 전체 알코올의 20퍼센트 이상이 되면 증류주로 구분돼 주세가 높아졌다. 결국 기타재제주라는 게, 20퍼센트도 안 되는 원액에(원액 자체가 싼 술인 럼이나 보드카는 20퍼센트를 넘기도 했다) 싸구려 알코올을 채워넣은 싸구려 술인데, 양주는 수입이 규제돼 있고 또 비싸서도 못 먹던 1970년대 후반부터 10년 동안 폭발적 인기를 누렸다.

위스키가 들어간 '베리나인', 브랜디가 들어간 '나폴레옹', 보드카가 들어간 '하야비치', 럼이 들어간 '캡틴큐' 등이 '기타재제주'라는 이름을 라벨에 붙인 채 불티나게 팔렸다. 그중 대중적인 인기가 가장 높았던 건 '캡틴큐'였다. 아마 단가도 가장 쌌던 것 같다. 1980년 롯

데주조가 내놓은 이 술은 바로 다음 해 판매량이 1,000만 병을 넘겼다. 그러다가 언제부턴가 시들하더니, 언제부턴가 아예 애주가들의 머릿속에서 잊혀져갔다.

이 '캡틴큐'가 2003년 개봉한 영화 〈질투는 나의 힘〉(박찬옥 감독)에서 의미심장하게 등장한다. 20대 총각 원상(박해일)은, 애인이 40대 유부남 윤식(문성근)과 연애에 빠지자 그녀와 헤어진다. 그 뒤 다른 여자에게 연정의 싹이 트려 하는데, 그 여자마저 윤식과 잠자리를 함께 한다. 윤식에게 두 번이나 여자를 빼앗겼으면 윤식이 더없이 미울 텐데, 원상은 묘하게도 그를 따르면서 그에게 다가간다. 왜 그럴까.

윤식은 노회하지만 열려 있는 반면, 원상은 순수하지만 닫혀 있다. 원상은 아직 윤리적인 잣대에 갇혀 있다. 그래서 세상이 자꾸만 자기를 배반하는 것처럼 보인다. 그에게, 윤리를 어기면서도 윤리와 충돌하지 않고 편안하게 지내는 윤식은 미우면서도 부러운 존재일 수 있다. 노회한 만큼 속물처럼 보이기도 하는 윤식에게 압도돼 그에게 더없이 순종적인 모습을 보이는 원상은, 보는 이로 하여금 '쟤가 어쩌자고 저러나' 하는 불안감과 긴장감을 유발시킨다. 아닌 게 아니라 영화는 원상에게서 복수를 벼르는 듯한 위험한 기운을 드러내면서 끝난다.

하지만 이 영화의 매력은, 앞으로 어떻게 될지 모르는 애매한 수

준의 반전에 있는 게 아니다. 좀 더 들어가보자. 윤식의 집에서 파티가 있던 날, 원상은 캡틴큐를 사 온다. "아르바이트해서 번 돈으로 처음 산 양주"라고 한다. 윤식은 원상이 사 온, 먹다 남은 캡틴큐를 혼자 홀짝홀짝 마시다가 직접 사기까지 한다. 윤식, 원상 둘이 윤식 집에서 캡틴큐를 마실 때 윤식이 말한다. "이 싸구려 술, 자꾸 먹게 된단 말야. 근데 괜찮아."

캡틴큐가 어떤 술인가. 앞에서 말했듯, 1970, 1980년대 가난과 억압이 미처 다 누르지 못한 낯선 세계에의 동경, 그 상징인 기타재제주, 그중에서도 최고의 스타 자리를 누렸던 술이다. 1년산 럼이 조금 들어갔을 뿐이지만, '럼'이라는 한 글자가 불러오는 카리브해의 관능과 자유의 바람, 그것이면 충분했다. 원상처럼 가난한 대학생들은 엄청 마셨다. 맛? 그건 맛이 아니라 문화였다.

마흔을 갓 넘었다고 말하는 윤식은, 대학 때 캡틴큐를 마셨을 세대이다. 하지만 프랑스 유학을 했다는 그는 전에 이 술을 마셔보지 못했던 것 같다. 만약 그가 "이 싸구려 술 옛날에 무지하게 마셨지, 다시 마시니까 또 괜찮아"라고 말했다면 어떨까. 원상의 술, 좀 더 확장해 원상의 세계를, 자신이 과거에 겪었던 향수의 세계 안에 포섭시켜버리고 마는 권위적인 말이 됐을 것이다.

하지만 윤식의 말은 "이 싸구려 술, 자꾸 먹게 된단 말야, 근데 괜찮아."였다. 이 말에 권위나 향수는 없다. 대신 거기엔 궁금함이 있다.

"이 싸구려 술, 자꾸 먹게 된단 말야. 근데 괜찮아." 이 말에 권위나 향수는 없다. 대신 거기엔 궁금함이 있다. 싸구려 술이 왜 괜찮지? 싸구려인데도 관능이 있나? 너는 그걸 아니? 대충 이런 식으로 이어질 말들이 생략된, 그 표현엔 상대방과 상대방이 속한 문화에 대한 관심이 있다.

싸구려 술이 왜 괜찮지? 싸구려인데도 관능이 있나? 너는 그걸 아니? 대충 이런 식으로 이어질법한 말들이 생략된, 그 표현엔 상대방과 상대방이 속한 문화에 대한 관심이 있다. 그런데 원상은 윤식보다 가난한 세계에 산다. 윤식의 말은, 영화의 이면에 숨어 있던 '관능과 자유' 대 '헌신과 약속'이라는 대립 항을, 슬며시 표면으로 끌어올린다.

가난한 시대는 관능과 자유를 마음 놓고 추구할 수 없다. 그 시대는 헌신과 약속을 요구한다. 원상의 하숙집 딸은, 병든 아버지와 남동생을 부양하며 힘들게 산다. 그녀에게 연애는 관능의 영역에 속해 있지 않다. 그건 평생토록 헌신하겠다는 약속이어야 한다. 원상은 그녀와 섹스한 뒤, 그녀가 결혼을 요구하자 단호하게 그녀를 버리고 윤식의 세계로 옮겨간다.

영화는 묻는 듯하다. 우리가 그렇게 윤리를 무시하고 관능에 몰두해도 될 만큼, 가난한 시대에서 벗어났느냐고. 우리가 진정 그만큼 고상해졌느냐고. 그와 동시에 영화는 답하는 듯하다. 여기서 계속 살아온 이의 입장에서 말하기는 민망하다는 듯, 여기를 벗어나 관능의 본고장에서 관능을 배우고 온 윤식의 입을 빌려서. "이 싸구려 술, 자꾸 먹게 된단 말야. 근데 괜찮아."

기타재제주는 1990년 개정된 주세법의 술 분류 조항에서 '재제주'라는 항목 자체가 사라지면서 역사에서 사라졌다. 합성맥주, 합성청주는 오래전에 사라졌고, 올림픽을 전후해 100퍼센트 원액 양주가 나오면서 '합성양주'인 기타재제주마저 자취를 감추기 시작한 뒤였다. '기타재제주'라는 이름은 사라졌지만, 캡틴큐는 주세법상의 명칭을 '일반증류주'로 바꾸고 생산량이 줄어든 채 계속 제조되다가 2015년에 생산이 중단됐다.

1980년대 초반 신문에 실린 캡틴큐 광고

1974년에 태어난 기타재제주의 왕고참

붉은 체리 한 알의
안쓰러운 관능

해태 런던드라이진과 〈우묵배미의 사랑〉

요즘 한국 사람들은 칵테일을 많이 마시는 것 같지 않지만, 서울 도심에 칵테일 바들이 즐비하던 때가 있었다. 1980년대 후반, 그러니까 소주, 맥주 말고 다른 술 좀 마셨으면 좋겠는데 원액 100퍼센트 위스키는 수입이 안 되고 있을 때, 사람들은 칵테일을 적잖이 마셨다. 그 대표 선수가 '진 토닉'이었다.

나도 1988년에 군 제대하고 취직 준비하느라 도서관 들락거릴 때 가끔씩 광화문에 있는 한 칵테일 바에 갔었다. 테이블은 없고 여자 바텐더 둘이 각자 스탠드를 하나씩 맡아서 건너편에 앉은 손님에게 칵테일을 만들어주는 '건전한' 곳이었다. 백수 주제에 많이 마실 수는 없고, 그저 한두 잔 마시고 나온 게 '진 토닉'이었다. 그 바의 진 토닉 한 잔 값이 생맥주 500밀리리터 한 잔과 비슷했던 것 같다.

취하지도 못할 거, 그 짓을 왜 했을까. 바텐더 중 한 명, 나보다 나이가 조금 많았던 누나가 매력적이었기 때문임을 부인할 수 없다. 그러니, 그 진 토닉이 맛있었다고 해서 그게 온전히 술맛이라고 하기 힘들겠지만, 여하튼 진 토닉의 맛은 솔 향(정확하게 노간주나무 열매 향)이 상큼하면서도 부드러웠고, 진을 많이 넣어달라고 해서 마시면 한 잔으로도 가벼운 취기를 얻을 수 있었다. 그리고, 그 안에 레몬 조각과 함께 들어간 빨간 체리(통조림 체리였다) 한 알! 그걸 뭐라고 할까. 노골적이고 촌스럽기까지 한데, 솔직해서 천박해 보이지 않는 관능?

장선우 감독의 1990년작 〈우묵배미의 사랑〉에 그 통조림 체리, 진 토닉 잔 안에 혼자 발가벗고 들어가 사람들의 시선을 어쩔 줄 몰라 하는 그 체리 한 알이 나온다. 결혼은 안 했지만 여자와 아이까지 낳고 사는 사실상 유부남 배일도(박중훈)와 유부녀 민공례(최명길)가 난곡의 봉제 공장에서 일하다가 만난다. 서로에 대한 호감이 조금씩 커가다가 월급날에, 둘이 술 마시고 도망치듯 서울을 벗어난다.

둘이 탄 택시는 서울 근교의 한 모텔 앞에 섰는데, 영화 화면에도 모텔 간판이 크게 잡히는데, 둘은 모텔로 바로 안 가고 그 옆의 카페에 들어간다. 그 시대에 정해진 수순? (아니, 지금도 그런가?) 반쯤 밀폐된 카페의 한 구석 테이블에, 둘이 마주 앉지 않고 나란히 앉아 급히 마시는 술잔에 빨간 체리 한 알이 보인다. 둘은 저 술 마시고 아까 그 모텔로 갈 거다. 아닌 게 아니라 키스한다, 더듬는다….

컷 하고, 둘이 마신 술은? 단지 진 토닉이 아니라, 진과 토닉워터를 섞은 그 칵테일에 들어간 진의 이름은? '해태 런던드라이진'이다(영화엔 술병의 목 부분만 보이지만, 장선우 감독이 해태 런던드라이진이라고 직접 말해줬다). 그 당시에 술집에서 진 토닉이나 슬로 진 같은 진 베이스의 칵테일을 만들 때 쓴 게 해태 런던드라이진 아니면 '쥬니퍼'였다. 해태 런던드라이진은 해태주조가, 쥬니퍼는 진로가 각각 만들어 서로 경쟁하던 국산 진, 좀 더 정확하게 진 원액이 섞인 기타재제주이다.

원액이 얼마만큼 섞여 있는지에 대해선 자료가 없지만 위스키, 브랜디, 럼, 보드카 등 스피릿(독주) 가운데 진이 제일 싼 술인 만큼 제법 많이 섞여 있었을 것으로 추정된다. 이 해태 런던드라이진은 베리나인, 캡틴큐 등 이름을 기억할 만한 다른 기타재제주들이 만들어지기 전인 1974년에 나온, 고참 가운데서도 왕 고참 술이다. 이름은 이국적이지만, 싸구려 술에 더 싼 술을 섞은 기타재제주인데(주세법 개정 이후의 세법상 명칭은 일반증류주이다), 싸구려이면 어떤가. 빨간 통조림 체리 한 알로 들이미는, 그 미숙한 관능이 안쓰럽지 않은가.

이 영화는 그 안쓰러움을 예리하게 잡아챈다. 일도와 공례는 그날 모텔엔 갔지만 하지 못했다. 폭력적인 남편에게 매일 맞고 사는 공례이지만, 애까지 있는 처지에서 아직 "마음의 정리가 안 됐기" 때문이다. 마침내 공례가 마음을 정리한 날, 마음이 한껏 들뜬 일도는 자기 딴에는 관능을 공유하겠답시고 공례를, 야한 쇼를 벌이는 성인 나이트클럽에 데리고 간다. 하지만 그건 관습, 혹은 관성이지 관능이 아니었다. 낯설고 불안해하는 공례를 보면서 일도는 참담해진다. 애당초 남들이 하는 방식을 좇아서는 아무것도 할 수 있는 게 없는 관계였다.

여인숙에서, 일도의 자책감이 공례의 위로로 순식간에 풀리며 둘이 살을 섞기 시작한 뒤부터 둘은 자기들만의 관능을 눈처럼 쌓아간다. 그게 그들만의 것일진대 촌스러우면 어떻고, 미숙하면 어떤가. 마누라에게, 남편에게 두들겨 맞고, 비닐하우스에서 섹스하다가 주민들에게 들키고, 둘이 도망쳐 살다가 마누라에게 적발돼 사타구니를 붙잡힌 채 동네 골목길을 끌려다니는 모습을 보면서 안쓰러워하다가, 웃다가, 묻게 된다. 남들 하는 대로 좇아서 하는 것도 사랑일 수 있는가. 세상과, 공동체와 불화(不和)하지 않는 사랑이 사랑일 수 있는가.

원래 런던드라이진은 그 자체로 보통명사이다. 진이라는 술은 1600년대에 네덜란드에서 신장질환, 담석 등의 치료제로 개발됐다가 1688년 명예혁명 뒤 네덜란드의 윌리엄 3세가 영국 왕이 되면서 함께 영국으로 건너갔다. 아직 위스키가 나오기 전인 당시에 영국 정부는 수입되는 독주들에 큰 세금을 부과하면서, 진에 대해선 무허가 제조를 묵인했다. 맥주가 비싸던 시절에, 가난한 이들은 진을 엄청나게 마셨고 질 나쁜 진도 많아 진 음주로 인한 사망률 증가가 산업혁명 당시 런던의 인구증가를 억제하는 역할을 할 정도였다고 한다.

이 진이 좀 더 정제돼 나오기 시작한 게 1830년대부터이고, 이후 개발된 새 제조법에 따라 만들어진 진을 런던드라이진이라고 부른다. 곡물 증류주에 주니퍼베리(노간주나무 열매) 향이 들어간 게 진인데, 런던드라이진은 곡물 증류 원액에 주니퍼베리를(상표에 따라 아니스, 오리스, 계피, 고수 등을 섞어) 첨가해 한 번 더 증류해서 만든다.

해태 런던드라이진은 제조사가 해태산업에서 해태주조로 바뀌었다가, 1999년 해태 그룹이 사라지면서 해태주조도 문을 닫았다. 해태주조에서 나오던 술 가운데엔 런던드라이진 말고도 '해태 나폴레옹', '마패 브랜디'가 있었고, 많이 팔리진 않았지만 이름만큼은 흥미로웠던 위스키 '드슈'도 있었다. 이 중 런던드라이진과 나폴레옹을 국순당 자회사인 국순당L&B가 인수해 생산하다가 2010년 국순당L&B가 국순당에 흡수된 뒤부터 국순당이 만들어 팔고 있다.

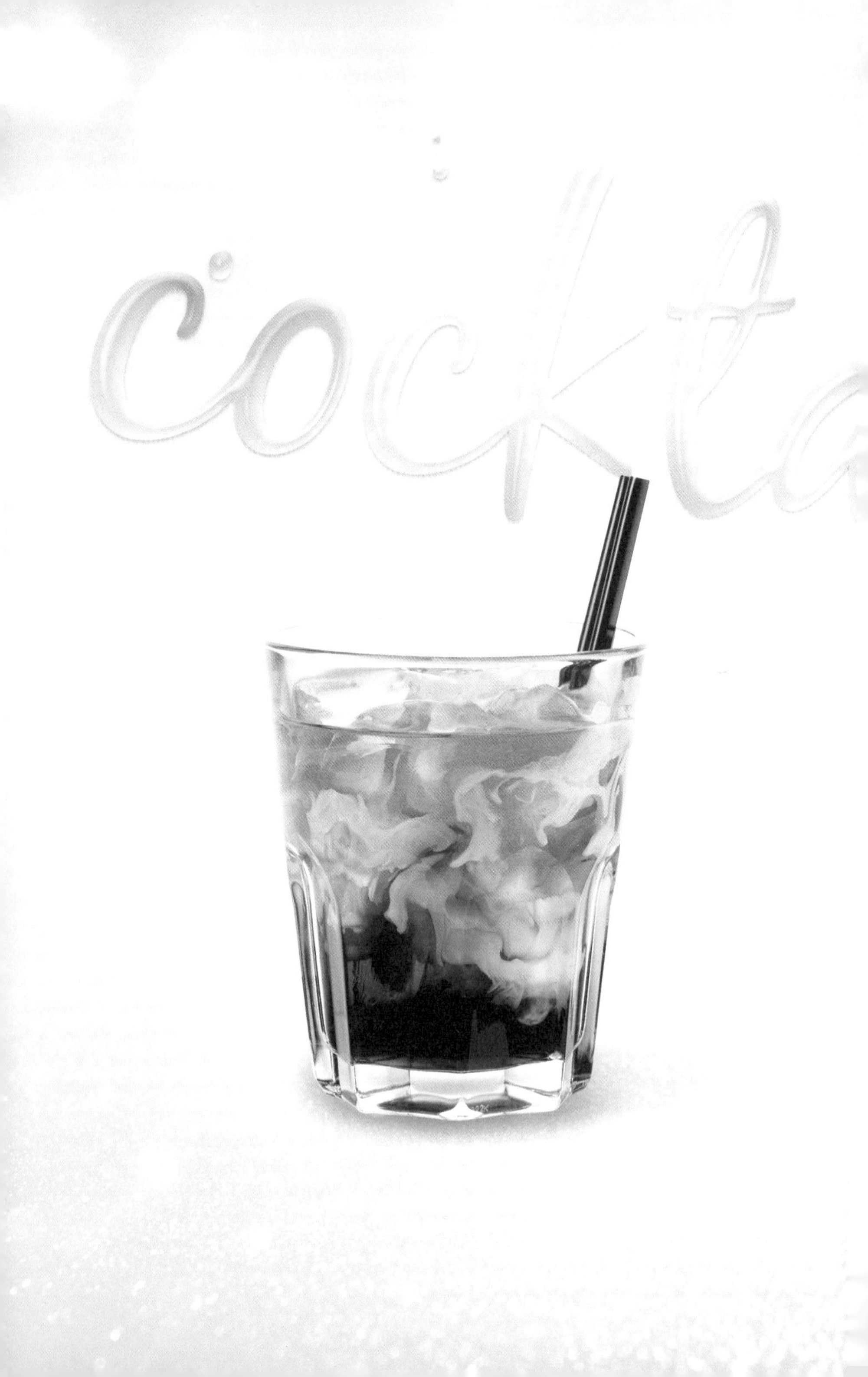
cockta

6장

칵테일

칵테일의 원래 의미는 스피릿에 리큐어, 설탕, 물 등을 섞은 것이지만, 오래전부터 알코올이 들어간 혼합 음료를 통칭하는 말이 됐다. 누구든 입맛대로 이런저런 음료나 과일주스를 섞되 거기에 알코올만 들어가면 그게 칵테일인 것이다. 세계 곳곳에서 각자의 기호와 취향에 따라 만들어 마셔온 수없이 많은 칵테일 가운데, 사람들의 검증을 거쳐 맛있다는 소문이 나고 널리 퍼지면 거기에 이름이 붙고 바의 메뉴에 등재돼 이름난 칵테일이 된다. 그 과정이 공인된 기관의 검증이 아니라 소문과 유행을 타고 이뤄지는 것이어서 역사가 길고 유명한 칵테일일수록 그 이름의 유래를 두고 설이 많다. 칵테일은 열대 과일이나 향기 짙은 허브가 많이 들어가기 때문에 이국적인 풍미가 강하다. 이국적인 정취에 젖는 것이야말로 칵테일에서 얻을 수 있는 큰 매력이다.

칵테일 ㅣ 모히토 ㅣ 마티니
블러디 메리 ㅣ 화이트 러시안

'럼 앤드 콕'과 '쿠바 리브레'의
차이, 혹은 사이

달고 묘한 이 맛,
사랑이 아니면 어떠리

칵테일과 〈칵테일〉

꽃미남 총각(톰 크루즈)이 군대를 제대하고 뉴욕으로 온다. 돈을 벌어 성공하자! 월가로 가자! 그러나 월가는 학위가 없다고 그를 받아주지 않는다. '직원 구함'이라고 붙인 바에 들어간다. 그보다 조금 나이가 많은 바텐더가 이상한 칵테일을 만들고 있다. 큰 잔에 맥주를 잔뜩 붓고 거기에 토마토주스를 또 잔뜩 붓고 다른 술을 조금 보태더니 계란까지 깨 넣는다. 그걸 벌컥벌컥 마시며 묻는다. "레드아이 만들 줄 아나?"

영화 〈칵테일〉(로저 도널드슨 감독, 1988년)에 처음 나오는 칵테일이 '레드아이'라는 건 뜻밖이다. 레드아이는 맥주, 토마토주스, 보드카, 날계란을 섞어 마시는 일종의 '해장술'이다. 보드카와 토마토주스를 섞은 러시아식 해장술 '블러디 메리'에, 맥주의 곡기와 계란의 단백질까지 첨가한 미국식 해장술이다. 흔히 칵테일 하면 떠올리는 낭만과 유혹의 분위기와 거리가 있다. 그 술, 혹은 음식이 주는 느낌은 생계의 피곤함이다.

바텐더가 된 주인공은 낮에 대학에서 경영학을 공부하고 밤에는 바에서 일한다. 대학에서 한 교수가 학생들에게 각자 자신의 부음기사를 써오라고 한다. 꿈을 구체적으로 새기라는 의미일 거다. 주인공이 쓴 자신의 부음기사. "향년 99세. 상원의원에 록펠러를 능가하는 부와 명성을 얻은 그는 어제 18세의 일곱 번째 아내와 정사 중에 사망했다." 젊은 것이, 남자들이란, 쩝.

레드아이를 아침 대용으로 먹는 선배 바텐더가 말한다. "돈을 벌려면 (돈 많은) 여자를 얻어라. 여자의 속옷 색깔을 알 수 있어야 유능한 놈이다." 농담 같은 이 말이 실제로 영화를 끌고 간다. 갈 길이 멀다 싶어 마음 바쁜 주인공에게 말만 요란한 교수의 모습도 시원치 않아 보이는데, 설상가상으로 그 교수에게 대들었다가 찍힌다. 이 길이 아닌 것 같다. 자의 반 타의 반으로, 또 나이도 한창인지라 손님으로 온 여자들을 유심히 보기 시작한다.

당시에 꽃미남의 대명사였던 톰 크루즈가 환하게 웃고 있는, 이 영화의 포스터는 상큼한 청춘물을 연상케 한다. 실제로 영화가 그렇지 않다고 말하긴 뭣하지만, 상큼하다는 수사가 썩 어울리지는 않는

톰 크루즈가 펼치는 이 저글링 쇼는 1980년대 후반 젊의 열기를 상징하는 한 장면으로 남으면서 영화에 폭발적 흥행을 가져다줬다.

다. 걸쭉한 레드아이가 암시하듯, 가난이라는 변수를 자못 진중하게 부각시킨다. 그러면서 돈을 바라는 사랑과, 돈과 무관한 참된 사랑을 주인공에게 제시해놓고 선택을 요구한다.

조금 시대착오적으로 보일 수도 있는 완고한 구도이다. 하지만 주인공이 참된 사랑을 찾고 성실한 바텐더로 다시 출발하는 엔딩까지, 완고한 시선으로 보면 상큼할 수도 있는 영화다. 문제는 칵테일이다. 마티니, 맨해튼, 마가리타 같은 고전적인 칵테일들은 이 영화에 등장하지 않는다.

대신 핑크 스퀴럴, 오르가슴 같이 크림 술을 베이스로 한 칵테일이나 열대 과일 주스를 많이 첨가한 신식 칵테일이 자주 등장한다.

그러니까 이 영화에 나오는 칵테일들은 당도가 높다. 또 손님들이 칵테일 마시는 모습은 화면에 거의 잡히지 않고, 두 바텐더가 셰이커와 술병을 던지고 받으며 칵테일을 만드는 쇼를 화려하게 연출한다.

톰 크루즈와 선배 바텐더로 나온 브라이언 브라운이 펼치는 이 저글링 쇼는, 1980년대 후반 젊음의 열기를 상징하는 한 장면으로 남으면서 영화에 폭발적 흥행을 가져다줬다. 그러니까 이 영화는 칵테일을 둘러싼 외형적 이미지들을 차용할 뿐 칵테일의 맛과 향의 세계로 깊이 들어가지 않는다. 그럼에도 칵테일이 자주 나오는 만큼 칵테일에 관한 몇몇 얘깃거리들을 제공한다.

우선, 레드아이 같은 해장 칵테일이다. '칵테일'이라는 말의 어원에 대해선 설들이 정말 많다. 스페인 점령군에게 혼합주와 함께 상납된 원주민 공주의 이름에서 비롯됐다, 미국 시민전쟁 때 군인들이 상대 진영에 있던 민가의 닭을 훔쳐 잡아먹고 그 꼬리털을 잔에 꽂아 건배한 데서 유래했다, 투계를 할 때 싸움닭에게 혼합주를 먹인 데서 비롯됐다, 술통 밑바닥에 남은 찌꺼기를 '테일'이라고 부르는 데서 유래됐다…. 그런 설들 중 하나가 수탉이 '꼬꼬댁' 하고 울 때 마시는 해장술을 닭에 빗대 칵테일이라고 불렀다는 것이다. 영화에서 칵테일 1번 타자로 레드아이가 등장한 게 이런 맥락에서 나름의 의미가 있을 수도 있다.

주인공이 바텐더로 일하기 시작한 첫날, 쏟아지는 주문 가운데 유독 그를 괴롭히는 게 '쿠바 리브레'이다. 웨이트리스가 빨리 달라고 독촉하는데, 주인공은 어떻게 만드는 줄 모른다. 나중에 알고서 욕을 한다. "이 X아, 럼과 콜라라고 하면 됐잖아."

실제로 쿠바 리브레는 럼에 콜라를 섞고 레몬이나 라임 조각을 빠뜨리거나 즙을 조금 짜 넣는 칵테일인데, 그 기원을 두고서 럼주의 양대 브랜드인 '바카디'와 '아바나 클럽'의 주장이 다르다. '럼과 〈캐리비안의 해적〉' 편에 썼다시피, 쿠바의 럼 제조사였던 바카디는 카스트로의 사회주의 정권이 들어서자 푸에르토리코로 회사를 옮긴 뒤 카스트로 정권을 몰락시키기 위해 미국 CIA에 정치 자금을 쏟아부어왔다. 반면 역시 쿠바에서 제조되던 아바나 클럽은, 카스트로 집권 뒤 제조자가 망명하자 쿠바 정부가 인수해 생산을 계속하고 있다. 경제적으로뿐 아니라 정치적으로도 둘은 원수지간이다.

'쿠바 해방'이라는 뜻의 쿠바 리브레에 대해, 바카디의 주장은 이렇다. 쿠바가 스페인으로부터 독립전쟁을 벌일 때, 쿠바 편이던 미군의 장교가 아바나의 한 클럽에 와서 바카디에 코카콜라를 섞어 마시고는 맛이 좋아 사병들 모두에게 권해 마시면서 '쿠바 리브레'를 외친 것이 이 칵테일의 기원이라는 것이다. 그런데 아바나 클럽 쪽은 전쟁은 1898년에 끝났고, 코카콜라가 쿠바에 들어온 게 1900년이기 때문에 바카디의 주장이 틀리다고 한다. 럼에 콜라를 타먹는 게 무슨 대단한 발견이라고 그러느냐 싶지만 쿠바 리브레, 즉 '럼 앤드 콕'은 미국과 캐나다 등지에서 엄청 많이 마시는 칵테일이라고 한다.

영화로 돌아와 눈에 띄는 건, 주인공이 여자를 가볍게 만나거나 돈을 바라고 만날 때는 칵테일을 폼나게 만들어주는 데 반해 나중에 부인이 되는 '참된 사랑'의 여자를 만날 때는 그렇지 않다는 점이다. 이 여자는 주인공이 "어떤 칵테일을 만들어드릴까요?" 라고 묻자 칵테일을 거부하고 그냥 맥주를 마신다. 이건 뭔 의미인가. 칵테일에 속아서 맺어진 사랑은 가짜다?

이처럼 영화 〈칵테일〉엔 칵테일에 대한 이율배반적인 태도가 있다. 이 영화를 위해 비치보이스가 부른 '코코모'라는 노래가 여러 영화제에서 상을 받은 걸 빼고, 이 영화가 받은 상은 가장 나쁜 영화를 골라서 주는 '골든 라즈베리상'의 최우수 나쁜 영화상과 최우수 나쁜 각색상이었다. 영화도 겉 다르고 속 다르면 안 된다.

스트레이트 업(straight up), 업(up) - 얼음을 넣고 흔들거나 저은 뒤에 얼음을 걸러내고 따른 것.

스트레이트, 니트(neat) - 얼음이나 물을 섞지 않고 술 그 자체만 부어서 나온 것.

스터(stir), 셰이크(shake) - 말 그대로 '스터'는 재료와 얼음을 저어서 섞는 것이고, '셰이크'는 재료와 얼음을 칵테일 통(셰이커)에 넣고 흔들어 섞는 것.

온더록스(on the rocks) - 셰이커에서 얼음과 재료를 흔들어 섞은 것을, 얼음을 걸러내지 않고 잔에 따른 것. 혹은 재료들만 섞은 뒤 얼음을 넣은 것.

여기와 다른 막연한 어떤 곳의 기시감. 닿지 못하는, 떠나지 못하는….

유혹과 위로를 혼합한
마법의 술

모히토와 〈마이애미 바이스〉

남자: 술 한 잔 사도 될까요?

여자: (정박해 있는 남자의 최신식 보트를 보며) 저 배 얼마나 빨라요?

남자: 매우 빨라요.

여자: 보여줘요.

남자: 어디로 가고 싶어요?

여자: 뭘 마시고 싶은데요?

남자: 모히토!

여자: (남자에게 다가와 귀에 대고) 잘하는 곳을 알아요.

남자는 콜린 파렐이고, 여자는 공리. 둘은 마이애미에서 보트를

'마이애미에 갇힌 삶이 싫어. 저 바다 너머 다른 세계로 가고 싶어.' 콜린 파렐은 라임 모히토를 선택한다. 모히토에게는 그런 맛이 있다. 이국적이라기보다 초국적인, 그러니까 구체적인 어느 곳이 아니라 그냥 여기와 다른 어떤 세계….

타고 바다를 가로질러 나간다. 여자의 머리카락이 휘날린다. "모히토를 가장 잘 만드는 곳으로 안내할게요." 남자가 어디냐고 묻는다. "보데기타 델 메디오." '보데기타 델 메디오'는 1942년 쿠바의 아바나에 문을 연 레스토랑 겸 바이다. 일찍부터 칵테일 모히토를 만들어 팔아 반세기 넘도록 모히토의 대명사로 불렸던 곳이다. 헤밍웨이, 브리지트 바르도, 냇 킹 콜 등의 명사들이 다녀갔다는 관광 명소이기도 하다.

　마이애미에서 아바나까지는 367킬로미터. 멕시코만과 대서양의 중간쯤인 그곳엔 바다밖에 없다. 날아가듯 달려가는 보트의 속력을 보면 두 시간 안에 도착할 것 같다(자료엔 'MTI 파워보트'라고 나와 있다. 촬영 끝난 뒤에 팔려고 내놓은 가격이 5억 원 상당이란다). 마침내 도착한 '보데기타 델 메디오'의 저녁 야외 파티장. 열정적이면서도 세련된 라틴음악(만자니타의 〈아랑카〉)이 연주되고, 마이크를 잡은 중년의 근육질 대머리 아저씨의 어깨춤에 흥이 넘친다. 말 그대로 '멋져부러!' 이날 밤 주인공 남녀 둘이 함께 자는 데 대해 시비 거는 관객이 있다면, 그 관객 문제 있다고 본다.

　〈마이애미 바이스〉(마이클 만 감독, 2006년)는 이 일련의 장면만으로도 돈 아깝지 않다고 생각한다. 입자가 거칠고 푸른빛이 짙게 밴 깔깔한 화면이 카리브해 연안의 신산한 바닷바람까지 전해준다. 그런데 묘한 건, 이 영화의 이국 풍경이 낭만적이기보다 몽환적이라는 점이다. 어딘가 현실에서 떠 있는 것 같고 그래서 설레기도 하지만 불안하기도 하다. 보트가 망망대해를 달릴 때 원경으로 찍은 둥근 수평선은 현실과 환상의 경계선처럼 비쳐진다.

　술 얘기를 시작하자. 모히토는 럼주에 설탕, 라임주스, 민트 잎, 소다수를 섞은 쿠바산 칵테일이다. 그 이름이 처음 기록에 나오는 건, 1930년대 쿠바의 한 카페 메뉴판에서이고 실제로 마시기 시작한 건

19세기 말로 추정된다. 쿠바와 가까운 마이애미에선 일찍부터 모히토가 유행했지만, 뉴욕이나 샌프란시스코 등지에 본격적으로 퍼져나간 건 1980년대 이후라고 한다. 그게 세계로 퍼져 한국까지 들어온 건 더 최근의 일일 텐데, 2015년 개봉한 영화 〈내부자들〉의 '모히토 가서 몰디브 한잔 하자'는 대사가 상징하듯 모히토는 어느새 한국인에게 가장 익숙한 칵테일 이름 다섯 손가락 안에 들 정도는 된 듯하다.

이 칵테일은 영화에서 매우 중요한 역할을 한다. 모히토(Mojito)는 아프리카에서 아메리카로 노예로 끌려온 흑인들의 언어 '모조(Mojo)'에서 비롯됐다. '모조'는 '마법'이나 '마법을 걸기' 혹은 마법을 걸 때 쓰는 소품 등을 뜻한다. 콜린 파렐의 보트엔 'MOJO'라는 글씨가 크게 쓰여 있다. 마법의 술인 모히토를 먹기 위해 둘은 마법이라는 이름의 보트를 타고 현실과 환상의 경계선 너머로 간다.

다시 영화 얘기. 마이애미 경찰 두 명이 남미 마약 조직 속으로 신분을 속이고 위장 잠입해 마약 운송 경로를 파헤친다. 경찰 중 한 명인 콜린 파렐이, 마약 조직 두목의 정부인 공리와 사랑에 빠진다. 누아르 영화에서 많이 봐온 이야기다. 다른 건, 이 사랑이 콜린 파렐에게 일으키는 파장이다. 여느 누아르 영화와 달리 그는 이 사랑 때문에 임무 수행에 큰 지장을 겪지 않는다. 더구나 임무를 마친 뒤 냉정하게 여자를 떠나보낸다. 그에게 여자는 마이애미 바깥의, 일상적인 삶 너머의 다른 세계로 자신을 이끄는 존재다. 처음엔 유혹이었다가,

잠시 희망이더니, 곧 환영이 돼버리고 만다. 그래서 여자가 떠나느냐, 남자가 떠나보내느냐는 문제는 중요하지가 않다. 남자는 집 떠나지 못하는 오디세우스였다.

영화 초반에 콜린 파렐은 마이애미의 한 나이트클럽에서 여자 바텐더에게 모히토를 주문한다. 여자가 묻는다. "레몬을 넣을까요, 라임을 넣을까요?" 레몬과 라임은 서로 대체재가 되기도 하지만 차이가 있다. 허리나 어깨가 결릴 때 붙이는 파스엔 '쿨'이 있고 '핫'이 있다. 아쉬울 땐 아무거나 붙이지만 느낌이 다르다. 말하자면, 레몬은 '핫'이고 라임은 '쿨'이다. 그리고 라임의 맛이, 최소한 레몬을 주로 먹는 우리들에겐, 더 이국적이다.

콜린 파렐은 라임을 택한다. 이렇게 들린다. '마이애미에 갇힌 삶이 싫어. 저 바다 너머 다른 세계로 가고 싶어.' 〈매트릭스〉에서 키아누 리브스가 빨간 약, 파란 약을 두고 했던 선택과 정반대라고 할까. 라임 모히토의 선택으로 시작한 영화는 다시 모히토를 매개 삼아 다른 세계로 갈 듯하다가 결국 마이애미의 한 건물로 들어가는 콜린 파렐의 뒷모습을 비추며 끝난다. 여자를 떠나보내고 나서도 그는 모히토를 마실 거다. 집 못 떠나는 그에게, 혹은 우리들에게 모히토는 유혹인 동시에 위로이다.

확실히 모히토엔 그런 맛이 있다. 이국적이라기보다 초국적인, 그러니까 구체적인 어느 곳이 아니라 그냥 여기와 다른 어떤 세계에 대한 동경이나 기시감 같은 걸 느끼게 한다고 할까. 수년 전 뉴질랜드의 오클랜드 시내 한 라틴 바에서 쿠바를 대표하는 두 칵테일, 모히토와 다이키리를 마셨다. 다이키리는 모히토 재료 가운데 민트 잎을 뺀 나머지를 통에 넣고 흔들어(shaking) 만든다. 모히토는 흔드는 대신, 민트 잎을 절구에 찧고 나머지 재료를 넣으면서 젓는다(stir). 민트 잎 때문인지, 저은 탓인지 모히토는 다이키리보다 확실히 쿨하다. 좀 과장하면, 다이키리가 땡볕 아래 펼쳐진 중남미 사탕수수 밭을 떠올리게 한다면, 모히토는 국적 불명의 한산한 도시를 연상케 한다.

럼주의 대표적인 상표인 바카디의 홈페이지엔, 모히토의 숨겨진 역사라며 이런 얘기를 싣고 있다. 16세기 영국의 전설적인 해적 프란시스 드레이크가 아바나에 숨겨진 아즈텍 황금을 탈취하려 했다… 여차저차해 탈취는 실패하고 그 일대에 머무는 동안 부하인 리처드 드레이크가 사탕수수, 라임주스에 민트 잎을 넣고, 럼 이전의 사탕수수 술 '아구아디엔테'를 부어 '드라크(Draque)'라는 칵테일을 만들었다… 이게 오늘의 모히토가 됐단다…. 이 술의 유혹엔 역사가 있는 듯하다.

한걸음 더 ┃ **모히토**

잔에 라임 주스를 풍성하게 짜 넣고 거기에 설탕이나 설탕 시럽(바닐라 시럽도 함께 넣으라는 레시피도 있다)을 넣는다. 그 위에, 민트 잎을 찢어 넣거나 그냥 넣은 뒤 손절구 같은 것으로 찧기도 한다. 너무 잘게 찢거나 많이 찧으면 맛이 떨어진다. 민트 잎의 기름이 자연스럽게 새어나오도록 도와준다는 정도로 살짝 찢거나 찧어야 한다. 그리고 그 위에 화이트 럼이나 보드카를 붓고 소다수를 넣으면 된다.

모히토의 레시피는 저마다 다양해서 화이트 럼과 좀 더 숙성시킨 골드 럼을 함께 넣으라고 하는 것도 있고, 리큐어인 앙고스트라 비터스를 첨가하라는 것도 있다.

베이스: 럼

재료: 민트 잎, 라임주스, 설탕 혹은 설탕 시럽, 소다수

술을 언급한 가장 유명한 영화 대사?
"보드카 마티니, 셰이큰, 낫 스터드."

젓지 말고
흔들어서
마티니와 〈007 시리즈〉

술, 담배 같은 기호식품의 소비에 따르는 쾌감은 맛과 향만으로 이뤄지지 않는다. 거기엔 폼이 따른다. 물론 그 폼이 얼마나 먹히느냐는 건, 연령대와 시대 분위기에 따라 달라진다. 스무 살 전후해 담배를 피우기 시작한 지 얼마 안 됐을 땐, 담배를 엄지와 검지로 잡아보고, 검지와 중지 사이에 끼워보고, 도넛을 만들어보고, 입 밖으로 내보낸 연기를 코로 다시 빨아들여보고 하면서 담배 맛만큼, 아니 그 이상으로 폼을 소비했던 것 같다. 지금은? 술 마실 때만 피우면서 그것마저 '끊어? 마?' 하고 있는 마당에 폼을 의식할 여지가 별로 없다. 하지만 분명한 건, 이런 기호식품은 폼을 잘 잡으면 맛도 좋아진다는 것이다.

액션영화의 남자 주인공들에게 이런 기호식품을 소비하는 폼은, 그 캐릭터를 나타내는 기호가 되기도 한다. 〈황야의 무법자〉 시리즈의 주인공 클린트 이스트우드가 담배 피우는 모습을 기억하는지. 얇게 만 시가를 입술 중앙으로 가져가 문다. 이빨로 살짝 씹으며 옆으로 굴려서 입 왼쪽 가장자리로 보낸다. 딱성냥을 꺼내, 옆에서 시비 걸고 있는 악당 똘마니의 뺨에 긁어서 불을 댕겨 담배에 붙인다.

담배 말고 술로 폼 잡는 대표적 캐릭터는 007 제임스 본드이다. 1962년에 나온 007 시리즈 첫 편 〈007 닥터 노〉에서 1대 제임스 본드 숀 코네리가 악당들의 음모를 파헤치기 위해 자메이카로 갔다. 호텔 방에 들어서자, 웨이터가 칵테일 셰이커로 흔든 술을 라임이 담긴 잔에 따르며 말한다. "미디엄 드라이 보드카 마티니입니다. 젓지 않고 주문하신 방식대로 섞었습니다."

웨이터의 이 말은, 그때까지 술의 상식에 비춰봤을 때 무척 튀는 말이다. 1) 젓지 않고(not stirred) 흔들었다(shaken)? 원래 마티니는 흔들지 않고 저어서 만드는 칵테일이었다. 2) 보드카 마티니? 마티니의 베이스는 보드카가 아니라 진이었다. 3) 미디엄 드라이? '드라이'는 '담백하다', 즉 '달지 않다'는 의미이며, 진과 베르무트(와인에 알코올과 허브를 첨가해 만든 리큐어)를 섞어 만드는 마티니에서 이 표현은 대체로 베르무트를 거의 넣지 않거나 조금만 넣는다는 뜻이다. '미디엄 드라이'라면 베르무트의 양을 중간 정도로 넣었다는 말일 텐데, 이전까지 마티니의 유행은 '드라이'였다.

한 캐릭터가 아이콘이 되려면 이쯤은 돼야 하는가 보다. 마티니가 어떤 술인가. 지난 100여 년 동안 서구, 특히 영미권에서 가장 애용해온 술이며, "소네트(14행시)만큼의 완벽함을 갖춘, 미국의 유일한 발명품"으로 불리기까지 했단다. 그 고귀한 술을 이렇게 제멋대로 마신다? 우리로 치면, 누군가가 인삼찻집에 와선 인삼차 분말과 물을 따로 시켜서 가루약처럼 분말을 입에 털어넣고 물로 삼키는 것과 비슷할지 모른다. 과장이라고?

인터넷 백과사전 위키피디아에 따르면, 서머싯 몸은 진이 뭉개지지 않고 각 재료들이 섬세하게 층을 이루도록 하기 위해 "마티니는 흔들지 않고 저어야(스터드, 낫 셰이큰) 한다"고 말했다. '드라이 마티니'에 대한 고집들은 한술 더 뜬다. 헤밍웨이는 통상 3 대 1에서 5 대 1인 진과 베르무트의 비율을, 15 대 1로 해서 마셨다. 존슨 대통령은 잔에 베르무트를 따랐다가 비워버리고 그 잔에 진을 따라 마셨다. 나아가 처칠 수상은 차가운 진을 마시면서 베르무트 병을 바라보기만 하는 게 완벽한 마티니라고 했고, 히치콕 감독의 마티니 레시피는 진을 다섯 번 마시고 베르무트 병을 잠깐 흘겨보는 것이다.

유명 인사들이 뭐라 했건 상관없이 제임스 본드는 이어 나온 속편 영화들에서 "보드카 마티니, 셰이큰, 낫 스터드"를 자신의 트레이드마크처럼 말하고 다녔다. 그 결과 마티니 제조 및 음주 방식에 변

술, 담배 같은 기호식품의 소비에 따른 쾌감은 맛과 향만으로 이뤄지지 않는다. 거기엔 폼이 따른다. 물론 그 폼이 얼마나 먹히느냐는 건 연령대와 시대 분위기에 따라 달라진다. 술로 폼 잡는 캐릭터의 대명사 '제임스 본드'

화의 바람이 불어닥쳤다. 언젠가부터 보드카 마티니가 기존의 진을 베이스로 한 마티니 못지않게 유행하게 됐고, 누군가가 마티니를 주문할 때마다 바텐더는 "저을 거냐, 흔들 거냐"를 묻게 됐다. 1962년 〈007 닥터 노〉부터 2015년 〈007 스펙터〉까지 53년 동안 23편이 나온 007 영화들을 전 세계 인구의 절반 이상이 봤다고 하니, 그 위력 앞에서 고루한 마티니 애호가들의 불평은 무기력할 수밖에.

그런데, 여자도 영화마다 바꿔치우는(한 영화 안에서도 바꿔치우는) 제임스 본드가 술은 주야장천 마티니만 마실 건가? 폼에도, 아니 폼일수록 유효기간이 있는 법. 1973년에 나온 007 시리즈 8편 〈죽느냐 사느냐〉에서 첫선을 보인 2대 제임스 본드, 로저 무어가 임무 수행차 뉴욕에 간다. 바에 들어가선 이렇게 주문한다. "버번위스키와 물, 얼음 없이." 배우도 바뀌었으니 술도 바꿔서 이미지를 새로 만든다는 전략이었을 텐데 '물 탄 버번'은 영향력도 폼도 물에 탄 듯 약했다.

첨단과 복고, 유행과 전통은 반복 상영되게 마련. 1995년에 나온 〈007 골든 아이〉에서 제임스 본드로 첫 출연한 피어스 브로스넌이 몬테카를로의 카지노에서 다시 주문한다. "보드카 마티니, 셰이큰, 낫 스터드." 한 번으로 부족한지 다시 상기시킨다. 같은 영화 안에서 제임스 본드가 오랜만에 다시 만난 전 KGB 요원이 그를 두고 놀리듯 말한다. "본드, 재밌는 친구야. 뭐라더라? 셰이큰, 낫 스터드?" 〈007 골든 아이〉는 6년이라는 오랜 공백 뒤에 나온 007 영화다. 제임스 본드가 돌아왔음을 환기시킬 말로 가장 적절한 게 바로 "셰이큰, 낫 스터드"였다. 〈터미네이터〉의 아널드 슈워제네거 식으로 말하면 이건, "아임 백"이다.

2006년에 나온 〈007 카지노 로얄〉에서 제임스 본드의 바통을 이어받은 대니얼 크레이그는 더 복고로 치닫는다. 드라이 마티니를 주문한 뒤 웨이터에게 레시피를 가르쳐준다. 진과 보드카와 '키나 릴레이'(화이트 와인에 과일주와 키니네 향을 첨가한 리큐어)를 6 대 2 대 1로 섞어 얼음 넣고 흔든 뒤 레몬 껍질을 첨가하라고. 이건 007 영화가 아니라, 이언 플레밍이 쓴 첫번째 007 소설 『카지노 로얄』에 나오는 레시피다. 이렇게 만든 칵테일이, 작품 속에 등장하는 여자의 이름을 따라 '베스퍼'라고 불려왔는데, 그 재료 중 하나인 '키나 릴레이'가 1986년에 생산이 중단됐다.

그럼에도 영화는 제임스 본드의 대사 안에 '키나 릴레이'라는 이름을 그대로 부른다. 이것 역시 일종의 선언으로 들린다. 이제부터의 007 영화는, 이국적 풍광을 노닐며 야들야들하게 멋부리지 않고, 애초 007 소설이 읽혔던 분위기 그대로 비정함과 긴박감을 살려 정통 첩보 스릴러로 나아가겠다는. 그 뒤 〈007 퀀텀 오브 솔러스〉(2008년) 〈007 스카이폴〉(2012년) 〈007 스펙터〉까지 대니얼 크레이그가 연기한 제임스 본드는 줄곧 베스퍼를 마셨고 007 영화의 인기는 떨어지지 않고 있다. '보드카 마티니, 셰이큰, 낫 스터드'라는 주문은 이제 수명을 다한 것 같다? 모른다. 이십 년쯤 뒤에 007 배우가 바뀌면서 이 주문을 다시 부활시킬지.

한걸음 더 ǀ **마티니**

진과 베르무트와 얼음을 통에 넣고 젓거나 흔든 뒤, 얼음을 걸러내고 잔에 따른다. 거기에 올리브로 장식하거나 레몬 껍질을 짜 넣기도 한다. 진과 베르무트의 비율은 통상 4 대 1인데, 입맛 따라 취향따라 제각각이며 마티니 마니아일수록 베르무트를 적게 넣으라고 말한다.

베르무트는 와인의 발효가 끝나기 전에 브랜디 같은 증류주나 증류주정을 첨가해 알코올 도수를 높인 강화와인의 일종으로, 제조 과정에 계피, 마조람, 카모마일 같은 허브를 첨가해 만든다. 단맛의 정도에 따라 덜 단 것부터 드라이, 화이트, 레드(스위트)로 나뉘며 마티니를 만들 땐 주로 드라이 베르무트를 사용한다.

베이스: 진

재료: 진, 드라이 베르무트, (올리브 혹은 레몬 껍질)

"당신이 매일매일 변해가는 동안, 나는 여전히 당신을 그리워할 겁니다."

그녀를 떠올리는,
빨갛고 맵싸한 음료

블러디 메리와 〈로얄 테넌바움〉

60대 중반의 로얄 테넌바움(진 해크먼)은 전직 변호사이다. 젊을 때 어린 세 남매와 부인을 두고 집을 나와 제멋대로 살면서 남의 돈 떼먹고 감옥까지 갔다 왔다. 변호사 자격도 뺏겨버렸다. 그래도 남은 돈으로 호텔에 장기투숙하며 살아왔는데, 그마저 떨어졌다. 마침 부인이 다른 남자와 결혼하려 한다는 얘길 듣는다. 도장만 안 찍었지 사실상 오래전에 이혼한 사이인데도, 로얄은 배가 아프다. "집에 가자. 지금 안 가면 영영 못 간다."

　부인을 만난다. 부인은 냉정하다. 떠나가는 부인의 뒤통수에 대고 즉흥적으로 말한다. "나 암으로 죽어가. 6주 남았대. 남은 동안 가족들을 보고 싶어." 부인이 돌아와 울면서 말한다. "정말이에요? 어

떻게 해." 로얄은 조금 미안하다. "아니, 죽는 건 아니고…." 부인에게
한 대 맞는다. 부인이 다시 간다. 다시 뒤통수에 대고 로얄이 외친다.
"나 죽어. 정말이야."

〈로얄 테넌바움〉(웨스 앤더슨 감독, 2001년)은 이렇게 사기 쳐서 집
에 다시 들어간 로얄이 우여곡절을 겪으며 가족, 특히 자식들과 화
해하는, 아니 자식들로부터 용서를 받는 이야기이다. 이렇게 요약하
면 진부한 가족 드라마 같지만, 하나같이 엉뚱한 테넌바움 가족 구
성원들이 펼쳐 보이는 황당한 코미디가 '가족애의 회복'이라는 주제
와 절묘한 조화를 이루면서 유사품을 찾기 힘든 독특한 영화를 만들
어간다.

영화에서 로얄만큼 비중 있게 나오는 이가 막내아들 리치(루크 윌
슨)이며, 이번에 다룰 술도 그가 마시는 것이다. 그는 내성적인 인물
이다. 어릴 때부터 누나 마곳(기네스 펠트로)을 짝사랑했다(마곳이 입
양아이니, 둘이 사귀면 근친상간에 해당되는지 아닌지 잘 모르겠다). 잘 나
가는 테니스 선수였다가, 마곳이 결혼한 다음 날 시합을 엉망으로 만
들어버리고는 배를 타고 세계를 떠돌아다닌다. 배 안에서 그가 들고
있는 유리잔에 담긴 빨간 음료는 무슨 주스처럼 보이지만 거기엔 셀
러리 줄기가 꽂혀 있다. 이건 '블러디 메리'이다.

블러디 메리는 보드카와 토마토주스를 기본으로 하고, 거기에 우
스터소스, 핫소스, 후추, 소금, 레몬즙 등등의 향신료와 양념을 섞은

칵테일이다. 셀러리를 장식용으로 꽂거나 아니면 셀러리 향을 첨가한 소금을 넣기도 한다. 서양식 해장술로, 구운 새우나 치즈 같은 '안주'를 장식물로 올리기도 한다. 세계 각국에서 변용되고 그게 또 뒤섞이면서 첨가하는 향료들이 다양해져 고춧가루, 와사비, 고기 육수까지 넣으라고 하는 레시피도 있다. 그뿐 아니라 보드카 대신 사케를 넣은 '블러디 게이샤', 럼을 넣은 '블러디 파이러트(해적)', 토마토주스를 빼버린 '블러드레스 메리' 등의 변용 칵테일들도 있다.

블러디 메리의 기원에 대한 위키피디아의 설명은 이렇다. 1920년대에 파리의 '해리스 바'에서 일하던 페르낭 프띠오(1900~1975년)라는 바텐더가, 미국에서 건너온 헤밍웨이 일행의 숙취를 풀어주기 위해 만들었다는 것이다. 페르낭은 뒤에 미국으로 건너가 유명 호텔의 수석 바텐더를 지냈다.

'블러디 메리'라는 이름에 대한 설도 많은데, 흔히 알려진 게 16세기 잉글랜드 첫 여왕인 메리 1세가 신교도 300여 명을 잔인하게 처형한 걸 두고 이 이름을 따왔다는 것이다. 그런데 페르낭에 따르면 이 칵테일을 마신 한 미국인이 이렇게 말했단다. 시카고에 있는 '버킷 오브 블러드'(우리말로 '피 한 바께쓰')라는 바의 웨이트리스 별명이 '블러디 메리'인데, 이 칵테일이 그 여자를 생각나게 한다고. 그래서 블러디 메리가 됐단다.

여하튼, 리치는 집으로 돌아와서도 여러 차례 이걸 마신다. 영화는 관객이 블러디 메리라는 걸 몰라볼까 봐 그때마다 셀러리 줄기를 꽂아놓는다. 또 리치는 주머니에 후춧가루 병을 넣고 다니며 마실 때마다 후추를 친다. 뭘 말하려는 걸까. 리치가 스파이시한 것, 맵고 짜고 향이 센 음료를 좋아한다? 그가 감각이 예민한 데 더해, 우울증이 있다는 걸 말하려는 게 아닐까. 스파이시한 음식이 우울증에 도움이 되는 점을 감안하면 말이다.

실제로 리치가 우울함을 극복하고 마곳에게 사랑을 고백하기까지의 과정이, 영화의 또 다른 한 축을 이룬다. 마곳은 히피 같고, 약간은 수수께끼에 쌓인 인물로 나오는데 어릴 때부터 집을 나와 떠돌아다녔고 남자 편력도 많다. 리치는 마곳이 다른 남자, 그것도 옆집 살던 자기 친구와 사귀어왔다는 얘기를 듣고는 자살을 기도한다. 병원까지 실려 갔다가 회복한 뒤 집에 돌아와 마곳에게 사랑을 고백하고 키스한다. 잠시 동안 나란히 눕는다.

리치의 마곳에 대한 사랑은, 〈포레스트 검프〉에서 세상을 떠도는 히피 여자를 죽을 때까지 못 잊는 주인공 검프의 사랑과 닮아 있다. 혼자 떠도는 여자에 대한 범생이(모범생)의 사랑. 강해 보이지만 실은 약함에도 불구하고, 보호를 필요로 하지 않는 그녀(들).

둘이 누워 있을 때 나오는 롤링 스톤스의 노래 〈루비 튜즈데이〉가 더없이 애잔하게 들린다.

"그녀는 어디서 왔는지 말해주지 않죠. 이미 가버린 어제는 중요한 게 아니겠죠. 해가 쨍쨍한 낮이건, 칠흑 같은 밤이건 아무도 모른답니다. 그녀가 왔다 가는 걸. … 왜 그렇게 자유로워지려고 하는지 그녀에게 묻지 마세요. 그녀는 그것만이 유일한 길이라고 말할 겁니다.…"

블러디 메리는 보드카와 토마토주스만 섞어도 맛있다. 스트레이트 양주잔에 토마토주스를 3분의 2쯤 채우고, 그 위에 보드카를 살살 따르면 섞이지 않고 층이 진다. 그 상태로 원 샷 하면 처음엔 목이 따끔하지만, 이내 걸쭉한 토마토주스가 그걸 보듬는다. 그리곤, 달큼하면서도 싸한 잔향이 쉽게 지워지지 않는다. 〈루비 튜즈데이〉의 후렴구가 떠오른다.

"당신이 매일매일 변해가는 동안, 나는 여전히 당신을 그리워할 겁니다."

이 글 읽고 나면 어디에든 늘어지게 앉아 입 주위에 우유 자국 남기며
화이트 러시안을 마십시다. 위대한 레보스키처럼.

신념형 백수의
게으른 식사

화이트 러시안과 〈위대한 레보스키〉

낙오자나 패배자를 뜻하는 '루저'라는 말이 낭만적 정취를 품었던 때가 있었던 것 같다. '거꾸로 읽기', '삐딱하게 보기', '오랑캐로 살기' 등등의 제목을 단 책들이 많이 나왔던 1990년대 중반쯤이었던 것 같다. 긍정적 사고와 부지런함을 최고의 가치로 여기는 사회 통념에 대한 반발일 텐데, 거기엔 경쟁사회의 약육강식 논리에 저항하려는 인본주의적인 생각도 있었을 거고, 좀 더 복잡하게 머리를 굴려야 이길 수 있다는(안 그러면 당장 수능시험에서 떨어진다는) 실용주의적인 생각도 있었을 거다. 어쨌거나 지난 일이다.

1990년대 후반 구제금융 사태 이후로 신자유주의가 급속히 밀려들어와 우리 사회에 내면화된 지금, 루저라는 말에 더 이상 낭만은 없는 듯하다. 전엔 '넌 루저야!' 하면 '넌 삐딱해!' 또는 '넌 너무 세속적이지 못해!'라는 뜻으로 들을 여지가 있었다. 지금은 '넌 무능해!'라는 욕설로 들리지 않는가.

코언 형제가 만든 1998년 영화 〈위대한 레보스키〉는 루저가 주인공인, 루저의 이야기이다. '루저에 관한 이야기'가 아니라 그냥 '루저의 이야기'이다. 보통 영화에선 루저가 주인공으로 나오면 그가 어떤 일로 인해 자극을 받아 초심이 살아나고, 그래서 루저 아닌 보통 사람도 못하는 위대한 일을 해낸다. 그런데 이 영화의 주인공 레보스키는 아무 일도 해내는 게 없다. 처지도 똑같다. 처음부터 끝까지 실업자로 혼자 살고, 여전히 직장은 물론 여자도 얻을 노력을 안 한다. 그래 놓고 마지막에 "난 그대로야!"라고 자랑스럽게 말한다.

그럼 그가 하는 일은? 볼링장 가서 자기처럼 대책 없는 백수 친구들과 어울려 논다. 여느 백수들처럼 세상일에 관심이 많아 미국의 이라크 침공 같은 정치 얘기도 열심히 한다. 하지만 여느 백수들처럼 그들이 무슨 말을 하든 세상에 영향을 끼치지 않기 때문에 위험하지 않다. 아닌 게 아니라, 레보스키는 '평화주의자'라는 말을 좋은 의미로 자주 쓴다. 그럼 그가 마시는 술은? '화이트 러시안'이라는 칵테일이다. 주인공은 영화 속에서 이 칵테일을 아홉 잔 마신다. 이쯤 되면 이 술은 캐릭터의 일부가 된다.

화이트 러시안은 러시아와는 상관이 없다. 미국인들이 보드카가

들어가고 색깔이 희다고 해서 이렇게 이름을 붙여 1950년대를 전후해 마시기 시작한 칵테일이다. 재료는 보드카, 커피 리큐어, 생크림(혹은 우유), 그리고 얼음이다. 커피 리큐어는 커피를 발효시킨 게 아니라, 커피 원액을 섞은 술이다. '리큐어'가 술에다 허브나 과일 따위의 즙을 첨가시킨 것으로 우리로 치면 오가피주, 복분자주 같은 게 여기에 속하는 셈이다. 서양엔 상품으로 만들어 파는 커피 리큐어가 매우 많은데, 그 대명사가 '칼루아'이다. 화이트 러시안의 레시피 중 상당수는 아예 커피 리큐어 대신 칼루아를 써놓는다. 칼루아가 그만큼 흔하다는 말이기도 하다.

그럼 다시 보자. 보드카. 독주 중에서 자기 향이 가장 없고, 또 값이 싸다. 칼루아. 역시 싸고 흔하다. 그리고 우유와 얼음이다. 이만큼 쉽게 구할 재료들이 또 있을까. 만드는 방법? 어떤 레시피는 셰이커에 보드카, 칼루아, 얼음을 넣고 흔든 뒤 잔에 따르고 그 위에 크림을 따르라고 한다. 또 어떤 레시피는 보드카, 칼루아에 크림까지 넣고 흔들라고 한다. 하지만 큰 차이 없다. 흔들지 않고 저어도 된다. 재료들의 분량? 자기 입맛 따라 섞어도 된다. 레보스키도 대충 섞고 저어 마신다.

화이트 러시안은 맛이 달다. 술꾼들은 단 술을 좋아하지 않는다. 우리가 '술이 달다'라고 할 때는 술이 맛있다는 뜻이지 말 그대로 달다는 건 아니다. 그런데 레보스키는 맛이 단 화이트 러시안을 달게

(맛있게) 마신다. 미국인들이 식사 때 커피와 우유를 마시는 걸 감안하면, 게을러터진 그가 식사 대신 커피와 우유 모두 들어간 이 술을 마시다가 그게 습관이 된 것 아닐까. 손만 뻗으면 닿는 것들을 섞어 식사 대신 마시고 취하는 효과까지 얻는다! 우리 식으로 하면 밥 대신 막걸리를 마시는 셈일 텐데, 우연히도 레보스키는 마치 막걸리를 마실 때처럼 화이트 러시안의 우유 자국을 콧수염에 하얗게 남기며 마신다.

게을러터진 주인공에 걸맞지 않게 이 영화의 얼개는 레이먼드 챈들러의 소설 같은 1940~1950년대 하드보일드 탐정물과 닮아 있다. 레보스키는 자신과 전혀 다른 세계에 사는 부르주아들의 탐욕이 뒤엉킨 복잡한 범죄극에 자기 의지와 무관하게 휘말려 들어간다. 거기서 레보스키가 보이는 대응은, 냉철하기 그지없는 챈들러 소설의 주인공 필립 말로와는 백팔십도 다르다. 레보스키는 의심이 더디고, 남들이 욕해도 별 반응이 없고, 위기 상황에서도 잠을 퍼 잘 만큼 낙천적이다.

그래서 영화는 작용과 반작용이 엇박자를 이루는 독특한 소동극을 만들어가는데, 놀랍게도 영화를 보다보면 게으르고 아무것도 하지 않는 이 주인공에게 속 깊은 애정이 생겨난다. 욕심 많고 약삭빠른 세상이 아무리 그를 갖고 놀아도, 그는 편안하게 자기 자리로 돌아온다. 그는 루저일지언정 '위대하다'고 부르기에 손색없는 루저이다.

여느 술꾼들처럼 나도 화이트 러시안을 별로 좋아하지는 않는다. 어쩌다 시켜도 한두 잔으로 그치게 된다. 단맛에 물리기도 할뿐더러, 많이 마시면 다음 날 숙취가 심했다. 하지만 이 영화의 마지막 장면을 떠올리면 이내 그 술이 마시고 싶어진다.

월터와 도니는 레보스키와 함께 볼링장에서 죽치는 백수 친구들이다. 도니가 죽었다. 화장한 재를 뿌리러 월터와 함께 바닷가에 갔다. 유골함을 든 월터가 자기 입에서 나오는 송사에 스스로 감동해선 유골함을 하늘을 향해 턴다. 뼛가루가 바람을 타고 날아가 월터 뒤에 서 있던 레보스키의 몸을 하얗게 뒤덮는다. 지금도 이 장면을 생각하면 폭소가 터지면서 콧등이 시큰해진다. 그렇게 죽은 사람은 가고, 레보스키는 자기 자리로 돌아와 백수인 채로(나도 반 백수다) 늘어지게 앉아서 수염에 우유 자국 남기며(나도 수염 길렀다) 화이트 러시안을 마실 거다. 나도 이 글 쓰고 나서 늘어지게 앉아서 화이트 러시안을 마실 거다.

기본 재료는 보드카와 토마토주스, 레몬주스이며, 여기에 입맛에 따라 타바스코소스, 우스터소스, 소금, 후추, 와사비 등을 넣기도 한다. 국제바텐더협회의 레시피에 따르면 보드카와 토마토주스, 레몬주스의 비율은 3 대 6 대 1이다.

소금, 후추 등 나머지 재료를 넣을 때는 조심해야 한다. 모두가 짜고 매운 것들이어서 조금만 과하면 맛을 버리게 된다. 기본 재료 외에 스파이시한 양념(?)들을 넣으려면 큰 잔에, 양을 많이 만들어 마시는 게 좋다.

베이스: 보드카

재료: 보드카, 토마토주스, 레몬(라임)주스, 소금, 후추, 타바스코소스, 우스터소스

한걸음 더 | **화이트 러시안**

보드카와 커피 리큐어에 크림을 섞어 마시는 칵테일. 일반적인 레시피는 보드카와 커피 리큐어의 비율을 2 대 1 정도로 정하고 있다. 하지만 화이트 러시안이야말로 자기 취향에 따라 비율을 정하면 된다. 단맛을 좋아하면 커피 리큐어를 많이 넣으면 되고, 취하려고 한다면 보드카를 많이 넣으면 된다.

단, 대다수 카페에서 커피 리큐어로, 커피 리큐어의 대표적 브랜드인 칼루아를 쓰는데 칼루아 자체가 알코올 도수 20도임을 감안해야 한다. 40도짜리 보드카와 20도짜리 칼루아가 섞인다는 점을 고려하면 크림(혹은 우유)을 많이 넣거나 얼음을 많이 넣고 충분히 저어서 마시는 게 덜 독하다.

베이스: 보드카

재료: 보드카, 커피 리큐어, 크림(혹은 우유)

마법 같은 유혹과 위로,
26가지 술과 영화 이야기

술꾼의 품격

초판 1쇄   2010년 4월 23일
초판 4쇄   2011년 3월 25일
개정판 1쇄 2018년 11월 26일

지 은 이   임범
펴 낸 이   박해진
펴 낸 곳   도서출판 학고재
등   록   2013년 6월 18일 제2013-000186호
주   소   서울시 마포구 새창로 7(도화동) SNU장학빌딩 17층
전   화   02-745-1722(편집) 070-7404-2810(마케팅)
팩   스   02-3210-2775
전자우편   hakgojae@gmail.com
페이스북   www.facebook.com/hakgojae

ISBN   978-89-5625-375-6   03800